J.M. Erre vit à Montpellier et enseigne le français dans un lycée à Sète. *Prenez soin du chien*, son premier roman drôle et impertinent, a connu un vif succès de bouche à oreille. Il est également l'auteur de *Série Z*.

DU MÊME AUTEUR

Prenez soin du chien
Buchet/Chastel, 2006
et « Points », nº P1716

Série Z
Buchet/Chastel, 2010

J.M. Erre

MADE IN CHINA

ROMAN

Buchet-Chastel

TEXTE INTÉGRAL

ISBN 978-2-7578-1196-2
(ISBN 978-2-283-02323-5, 1re publication)

À Lili,
petit miracle de Chine.

Maman, j'ai mal aux yeux, t'aurais pas du collyre ?
Œdipe, dans *Œdipe roi* de Sophocle
(version non expurgée).

Maman ! Caïn, y fait rien qu'à m'embêter.
Abel, dans *La Bible racontée aux enfants*.

Lecteur curieux qu'un hasard bienveillant a conduit jusqu'à ces lignes, je préfère vous avertir tout de suite : je ne suis pas écrivain. Mis à part quelques cartes postales à la famille, des lettres d'insultes aux impôts et des listes de courses, je n'ai rien écrit depuis les poèmes lyrico-acnéiques de mon adolescence. Pour être tout à fait honnête, la littérature a tenu jusqu'à présent autant de place dans ma vie que la malacologie (et si vous ignorez ce que c'est, ça prouve que ma comparaison est bien choisie).

Cela étant dit, cher lecteur, je tiens à vous rassurer. Je ne suis pas écrivain, d'accord, mais j'aime le travail bien fait. Afin de composer ce récit, je me suis aidé des meilleurs ouvrages : *La Bible de l'écrivain débutant*, *La Littérature en kit* et le méconnu *Écrire un roman ? Fastoche !* Bref, j'ai fait de mon mieux. J'espère qu'on me pardonnera les maladresses du débutant.

Mais pourquoi, me direz-vous, se lancer ainsi dans l'écriture ? Je pourrais avancer une vocation tardive, une soudaine illumination artistique, le désir de faire le malin devant les filles… La réponse est plus simple : je n'ai pas eu le choix.

Je m'explique. Par un concours de circonstances que vous allez découvrir, mon destin est lié à celui d'un homme mystérieusement disparu en Chine il y a six mois. Toussaint Legoupil – c'est son nom – s'est évanoui dans la nature à Chengdu, là même où il avait été adopté par un couple de Français vingt-cinq ans auparavant. Parti à la recherche de ses origines, il n'a plus donné signe de vie. Sa famille, ses amis, les habitants de son village en Provence, la presse locale, tout le monde se pose la même question : qu'est devenu Toussaint ?

Il se trouve que je suis le seul à avoir la réponse.

Qui suis-je ? Quelqu'un qui détient le journal que Toussaint a rédigé avant et pendant son voyage.

Quelqu'un qui connaît la vérité et qui est obligé de se cacher depuis des mois à cause de ça.

Quelqu'un qui n'a trouvé qu'une solution pour espérer reprendre une vie normale : révéler au grand jour l'histoire de Toussaint Legoupil…

Les témoins

Mado Legoupil, mère du disparu

Une chose est sûre, on ne pourra pas dire que c'est la faute à Mado ! Je ne voulais pas que mon Toussaint parte chez les Chinois ! Moi qui suis fragile et délicate, je me suis usé la santé à répéter que c'était une mauvaise idée.

Je me souviens du soir où il nous a parlé pour la première fois de son projet de voyage. J'avais préparé une bourride et quelques tourtes à la rascasse, histoire de manger léger parce qu'on avait eu un repas d'enterrement à midi. J'ai vu qu'il était tracassé, alors je l'ai questionné, tout en finesse, manière qu'il se soulage et qu'il se resserve un peu de bourride pour me faire une bonne nuit. Toutes les mamans ont leurs petits secrets pour délier les langues de leurs enfants. Moi, je pleure bien fort en menaçant de me pendre. Ça marche à tous les coups.

Toussaint s'est fait un peu prier, mais il a fini par ouvrir son cœur en confiance. Il voulait en savoir plus sur sa naissance, il se posait plein de questions… Un moment douloureux pour une mère.

Heureusement, je m'y étais préparée depuis le premier jour à l'orphelinat de Chengdu. C'est pour ça que j'ai bien pris la chose. Je l'ai même aidé à s'essuyer parce que dans l'émotion il avait reçu du rab de rascasse sur la tête.

Dans les semaines qui ont suivi, j'ai tout essayé pour le dissuader mais sans succès. Et comme je ne pouvais pas le ligoter à la cave parce que ça aurait jasé au village, il est parti. Le résultat, c'est que je ne vis plus. Je sens une boule, là, dans la poitrine. Mon Léon me dit que c'est l'angoisse de la mère poule, moi je suis sûre que le choc de la disparition m'a fait pousser un kyste. J'en perds l'appétit. Hier, j'ai calé à ma troisième pissaladière.

C'est la désolation. Où es-tu, mon petit ?

Léon Legoupil, père du disparu

Je vais vous expliquer les choses comme je les vois, et tout le monde vous le dira, Léon, c'est pas le dernier des fadas : moi, je ne suis pas inquiet. Je dors comme un bébé et j'ai repris trois fois des calamars au petit dej'. Pourquoi ? Parce que je sais ce qui est arrivé à mon fils. Il suffit de réfléchir un peu… Toussaint quitte les jupes de sa maman pour la première fois, il part pour un voyage exotique, l'explication est simple : il est occupé à courir la Chinoise ! Il n'a pas disparu, non, il profite ! N'oubliez pas qu'il fait partie de ces générations tristouilles qui ne feront pas leur service militaire, alors il faut bien qu'il se déniaise d'une façon ou d'une autre ! Ajoutez à ça qu'en bon Legoupil il a dû forcer sur l'alcool de riz, et vous comprendrez qu'il n'a pas eu le temps de nous envoyer des cartes postales. Et puis il sait qu'en jouant à la carpe, il fera mariner sa mère… C'est de bonne guerre… Il a la crise d'adolescence tardive, voilà tout. Mado en fait toute une bouillabaisse mais croyez-moi, le minot va bientôt nous revenir tout léger de sa petite escapade.

Ça lui fera plus de bien que tout le temps perdu chez son psy !

Docteur Grounovski, psychiatre à Marseille

Toussaint Legoupil est venu me voir régulièrement pendant trois mois, jusqu'à son départ. Je ne révèle rien de secret en disant qu'il était préoccupé par le mystère de sa naissance. Tous les enfants adoptés traversent des moments de doute, mais Toussaint était persuadé de ne pas être comme les autres. Et il avait raison.

Je n'ai pu dissimuler ma surprise quand il m'a raconté qu'il venait de Chine. J'ai essayé d'imaginer la réaction de ses parents en le découvrant à l'orphelinat de Chengdu. Les Legoupil avaient fait quelques milliers de kilomètres, ils avaient attendu plus de trois mois sur place, ils croyaient rentrer en France avec un petit Asiatique et… c'est Toussaint qui est apparu.

Or ce garçon n'a rien d'un Asiatique.

Il est noir. Type africain évident.

Toussaint est un Chinois noir. Et il voulait savoir pourquoi.

Avertissement

Cher lecteur, vous l'avez compris, l'intrigue de ce récit va reposer sur deux énigmes. L'une liée aux origines de Toussaint, l'autre en rapport avec sa disparition en Chine. Double suspense qui permettra à l'auteur de ces lignes, s'il est en forme et si le réchauffement de la planète lui en laisse le temps, de soutenir l'intérêt pendant plus de deux cents pages.

Néanmoins, cher lecteur, vous êtes peut-être une personne impatiente de nature, désireuse de passer rapidement à une activité plus lucrative que la lecture ? Dans ce cas, rassurez-vous, j'ai préparé un résumé à la page 209 qui vous permettra de connaître en moins de trente secondes la solution aux mystères entourant Toussaint Legoupil, et d'affronter les dîners en ville l'esprit tranquille.

Par contre, il est conseillé aux autres lecteurs d'éviter la page 209. Car pour eux, l'histoire commence…

PREMIÈRE PARTIE [1]

Le jour J

1. « Dans la première partie, tu planteras avec brio le cadre d'une aventure époustouflante qui laissera le lecteur suffocant d'émotion. Ou sinon, tu feras ce que tu pourras. »

La Bible de l'écrivain débutant, p. 112.

Dimanche, six heures

L'Aurore aux doigts de rose hésitait encore à se tirer du pieu. Les rues de Croquefigue-en-Provence restaient livrées aux assauts de la brume matutinale et, au moment précis où Toussaint Legoupil sortait à pas de loup de la maison familiale sise 8, avenue Alphonse-Daudet, l'auteur de ces lignes songeait qu'il avait bien du mal avec la prose poétique[1].

Toussaint partait enfin pour la Chine. Par l'autobus de 6 h 43.

Il avait préféré s'en aller en douce, histoire d'éviter la pénible séance des adieux. Pudeur d'un jeune homme craignant de verser des larmes devant sa maman ? Ou lucidité d'un fils persuadé qu'on le séquestrerait plutôt que de le voir s'envoler ?

Il laissait Mado et Léon à leurs ronflements de tractopelle.

Un bon somnifère dans la camomille du soir l'y avait bien aidé.

1. « Tu te méfieras des clichés littéraires. »
La Bible de l'écrivain débutant, p. 112.

Toussaint frappait le pavé de Croquefigue d'un pas rapide. Les volets étaient clos, les portails étaient clos, tout était très clos. Si l'auteur ne se méfiait pas des clichés littéraires, il écrirait que les villageois étaient dans les bras de Morphée ; à la place, il dira que ça pionçait méchant. Toussaint affichait un sourire conquérant. Il reprenait sa destinée en main, ses poumons se gonflaient de joie, de liberté et de dioxine car l'incinérateur de déchets venait de dégazer. Il partait sur les traces de son passé, et rien ne le ferait dévier de sa route – si ce n'est une crotte de chien près de la poste, mais ça ne compte pas. Béni était ce jour, glorieuse était sa quête, et joyeuses les cigales dans le cœur de Toussaint.

Bref, l'histoire commençait bien. Mais ça n'allait pas durer.

C'est au niveau de l'impasse Jean-Giono qu'il entendit des pas derrière lui. Il s'arrêta, tendit l'oreille ; plus rien. Il reprit sa marche ; le bruit de pas l'accompagna. Il accéléra, sans oser se retourner ; les pas crépitaient en écho sur le bitume. Il était suivi… Une rigole de sueur froide parcourut son échine, car une seule personne pouvait être sur ses traces à cette heure-ci. Celle qui avait trempé son sac à dos dans de l'huile de moteur, celle qui avait offert son billet d'avion en pâture à Josette la chèvre exterminatrice, celle qu'il croyait avoir neutralisée à l'infusion de Dodomil : la première dame de Croquefigue, la matrone aux yeux de génisse, Mado Legoupil.

Maman !

Journal de Toussaint Legoupil – Séance psy

Thème du jour : ma mère. Le docteur Grounovski voulait son portrait, je crois qu'il n'a pas été déçu…

« Mado Legoupil est l'organisme vivant le plus redouté de Croquefigue-en-Provence. Un être au physique d'exception comme seule la région marseillaise est capable d'en concevoir. À grands coups d'aïoli.

Sa première victime fut le fils du garagiste. Ils avaient cinq ans lorsqu'elle le déshabilla pour entreprendre l'étude approfondie d'un objet fascinant dont elle s'estimait frustrée par la nature. Privation primitive devant laquelle elle ne cessera de se rebeller au cours d'une carrière unique auprès de la gent masculine. Car Mado devint une croqueuse d'hommes. Une boulimique. Une insatiable.

Les fêtes du village étaient son terrain de chasse favori. Avant le bal, elle prenait toujours soin de maîtriser son ennemie intime – l'hypoglycémie – grâce à quelques fougasses trempées dans l'huile d'olive. Puis, l'estomac bien calé, elle partait offrir son corps épanoui aux frôlements des étalons rougeauds sévissant sur la piste. Son arrivée sur la place générait des mouvements de foule incontrôlés. L'orchestre, comme pour avertir l'auditoire, se mettait à jouer faux. Les épouses enlaçaient leur conjoint avec une fougue inhabituelle ; les mères rappelaient leurs fils adolescents ; les hommes célibataires, anciennes victimes ou proies potentielles, cherchaient une sortie de secours. Pauvres fous étaient ceux qui croyaient résister à Mado.

En tout cas, c'est comme ça qu'on le raconte au village, car Mado s'est métamorphosée le jour où elle est devenue maman. Elle a abandonné toute ambition érotique pour se consacrer à son bébé chéri. La vamp des garrigues a laissé place à une "sainte", comme elle aime à le répéter. C'est-à-dire, dans mon langage à moi : une mère possessive à plein-temps. »

À ce stade de mon portrait, le docteur Grounovski m'a interrompu.

– Intéressant... Votre vision fantasmatique de la sexualité de votre mère montre à quel point elle est un objet de désir pour vous. Vous n'avez pas réglé votre complexe d'Œdipe.

– Vous voulez rire ? Avec moi, Mado fait surtout dans la culpabilisation. Pour obtenir ce qu'elle veut, elle commence par m'expliquer qu'elle a sacrifié sa vie de femme pour m'élever, elle ajoute quelques sanglots, puis si ça ne suffit pas, elle passe au stade médical.

– C'est-à-dire ?

– Simple et efficace : dès que je cherche à m'émanciper, elle dégaine une maladie inédite. Elle a toujours un truc qui gratte, qui pèle ou qui gonfle, et elle me piège : qu'est-ce que vous voulez reprocher à quelqu'un qui agonise tous les trois jours ? Elle a épuisé tous les spécialistes de la région. Le seul qui ait osé lui conseiller un psychiatre a failli perdre ses dents.

– Il faudrait vous libérer de son influence castratrice.

– Facile à dire, elle a un doctorat en chantage affectif.

Dimanche, six heures quinze

« Toussaiiiiiiiint ! Où es-tu mon chéri ? Montre-toi ! »

C'était Mado, il n'y avait plus de doute. Seul le brouillard avait préservé le fiston d'une attaque surprise. La panique s'empara de Toussaint. Il devait traverser tout le village et il savait que sa mère ne lâcherait pas le morceau. Comment était-ce possible ? Il n'avait pourtant pas lésiné sur les somnifères… Mado était rusée, elle avait dû se méfier. Ou alors elle avait digéré sans problème ? Elle en était bien capable…

« Allez, n'aie pas peur, je ne t'en veux pas pour la tisane… Viens consoler ta maman, elle a un lumbago. Tu ne voudrais pas qu'en plus elle prenne froid à cause de toi ? »

Les idées de Toussaint s'embrouillèrent. Affolement du gibier à l'approche du prédateur. Il fallait réagir, sinon c'était retour à la case départ… Il se mit à courir avec l'énergie du désespoir, conscient que sa mère n'avait même pas à se presser : il suffisait qu'elle le retrouve à l'arrêt d'autobus…

Toussaint sentit un poids terrible tomber sur ses épaules, comme si un deuxième sac venait de pousser dans son dos. Un sac plein à ras bord de culpabilité, de non-dits et de questions. Un entassement de vingt-cinq ans, et personne pour vous aider à faire le tri. Il s'arrêta et se blottit dans l'encoignure d'une porte. Il allait attendre que sa mère passe et il la mettrait hors d'état de nuire. D'accord... mais comment ? Sans éther, ni fusil à seringue, ce n'était pas facile avec les grands fauves...

Soudain, il entendit des pas rapides arriver dans sa direction. Il se raidit dans son coin, les poings serrés. Un frisson lui traversa le corps : Mado était accompagnée. Un essoufflement rauque à ses côtés ne permettait plus d'en douter, c'était Monsieur le Maire de Croquefigue-en-Provence en personne. Le potentat méridional, le Pol Pot des Bouches-du-Rhône, Léon Legoupil.

Papa !

Journal de Toussaint Legoupil – Séance psy

– J'ai toujours été fasciné par les moustaches de mon père. Enfant, j'étais persuadé qu'il les mettait le matin en s'habillant et les rangeait le soir avant d'aller dormir. Finalement, j'avais déjà l'intuition de ce qu'il est : un acteur, un manipulateur, un homme qui a fait de son village une vaste comédie.

– Comment ça ?

– Quand il est devenu maire, Croquefigue était en train de mourir, victime de l'exode rural. Il avait promis d'attirer des entreprises, mais à part un fabricant d'engrais qui resta trois mois et pollua notre nappe phréatique pour cent ans, on ne vit pas grand-chose. Il essaya bien de détourner les panneaux de la nationale Toulon-Aubagne pour amener du monde sur nos routes, mais les poids lourds n'ont guère apprécié le petit pont à l'entrée du village. Les anciens se souviennent du semi-remorque qu'ils ont dû camoufler au fond du ravin et que les visiteurs prennent aujourd'hui pour une compression d'art contemporain... Enfin, il fit le siège des agences de voyages en leur demandant d'inclure son village dans les circuits touristiques. Mais la concurrence est rude en Provence, et on le renvoya en disant qu'il fallait être fada pour vouloir visiter Croquefigue.

– Je vois...

– Le village était à l'agonie. Une solution d'urgence s'imposait. Elle arriva le jour du marché, dans un minivan Volkswagen siglé « peace and love ». « Bramah nous a guidés depuis Katmandou, mais là je crois qu'on est perdus, les filles », lâcha le conducteur, un grand noir en chemise à fleurs, accompagné d'un trio de blondes plantureuses. On retint le vieux Gustave qui brandissait sa fourche. Tous étaient incrédules, et pourtant : c'étaient des hippies ! On savait qu'il y en avait des hordes entières dans l'arrière-pays, mais on n'en avait jamais vu en vrai. Dans un geste pacificateur, l'étranger acheta un kilo de tomates. Puis il demanda comment s'appelait le village et prononça ces paroles restées fameuses : « Je sens de bonnes vibrations ici. On peut camper ? » À la stupéfaction générale, Léon accepta que les beatniks s'installent sur ses terres. Nul ne le savait encore, mais il avait une idée derrière la tête... Seuls des fadas pouvaient s'intéresser à Croquefigue ? Eh bien, pour sauver le village, on allait en faire venir. De bons gros fadas, pleins aux as. Au bon air de Croquefigue.

Dimanche, six heures vingt-deux

Toussaint n'osait plus respirer, ses parents étaient à quelques mètres. Léon avait jeté à la hâte une veste de chasse sur son pyjama alors que Mado avait sorti le grand jeu en se parant d'une ceinture lombaire des plus sexy. Le stress envahit Toussaint, son instinct de survie se réveilla et son cerveau reptilien prit les commandes. Puisque la fuite était impossible, il restait les bonnes vieilles techniques. Imparable depuis Cro-Magnon : le coup derrière la nuque. Un peu primitif certes, mais une excellente façon de couper le cordon une bonne fois pour toutes.

Pour se donner du courage, il pensa à ce qu'il avait subi ces dernières semaines. Son visa, retardé à cause de la lettre anonyme reçue par le consulat de Chine qui le décrivait comme président du fan-club français du dalaï lama... Son passeport, passé deux fois en machine à quatre-vingt-dix degrés sans adoucissant... Ç'avait été une lutte de chaque instant. Il avait même dû laisser traîner une fausse réservation d'Air France pour tromper son monde sur la date du départ... Le plan était éventé ? Qu'importe, il ne pouvait plus reculer.

Mais plus ses parents avançaient dans la ruelle, plus Toussaint sentait ses forces l'abandonner. L'avant-bras qui mollit, le mollet qui flageole, l'estomac qui se noue, et vous n'êtes plus rien. Ce n'était pas tellement la brutalité de son émancipation qui le faisait flancher – on a la crise d'adolescence qu'on mérite –, c'était surtout que Léon et Mado avaient la tête dure. Et que du renfort arrivait.

Un inimitable accent camerouno-provençal résonna dans la ruelle : « Ça y est ? Vous l'avez eu ? » C'était la voix de Jean-Marius Djemba, le gourou de Croquefigue. Un mètre quatre-vingt-quinze de charisme triomphant, cent dix kilos de virilité satisfaite. Il s'approcha de Léon et Mado, impressionnant dans sa panoplie de mentor New Age : toge échancrée en taffetas mauve, verroteries en présentoir et barbe abondante.

Jean-Marius était en service, et il n'était pas venu seul.

À sa suite, Toussaint vit apparaître une véritable troupe. Il commença à avoir des palpitations. Pas de doute : la secte était à ses trousses.

Journal de Toussaint Legoupil – Séance psy

– Léon avait senti un vrai potentiel chez Jean-Marius Djemba, le leader hippie. Il lui présenta son projet, leurs vues s'accordèrent rapidement sur l'essentiel : ils allaient s'en mettre plein les poches.

– Ça avait le mérite d'être clair…

– L'idée était de surfer sur la vague ésotérique du début des seventies. Mais attention, pas question d'accueillir tous les babouses désargentés de la planète. Pas de va-nu-pieds fumeurs de lavande à Croquefigue ! Non, il fallait cibler l'illuminé haut de gamme, le pigeon à pognon. Léon voulait du lucratif.

L'idée fut lancée lors d'un apéro : pourquoi pas une secte ? Il n'y avait pas plus rentable que la religion : on allait se positionner sur le marché de la SARL à vocation spirituelle. Quelques bouteilles de pastis plus tard, le concept était au point.

– Que dit leur credo ?

– C'est tout simple : Jean-Marius professe que l'univers est comme un millefeuille, un empilement de mondes parallèles, de couches de réalités. Il prétend que si vous êtes malheureux, c'est que vous n'êtes pas dans la bonne couche. L'existence qui vous aurait comblé se trouve dans une autre feuille du grand gâteau cosmique.

– Joli…

– L'avantage, c'est que ça peut s'appliquer à tous les frustrés de la planète. Combien d'aigris, d'incompris, de jaloux ? Assez pour composer une secte florissante. Actuellement, la mode c'est les naufragés de la célébrité. Jean-Marius en recrute à la pelle : des anciens de la téléréalité, des footballeurs de troisième zone, et pas mal de sosies de stars.

– Jean-Marius leur promet quoi, à ses adeptes ?

– La réparation ! La justice ! Jean-Marius est un prophète, il annonce la venue des temps nouveaux. L'heure du Grand Renversement qui verra chaque fidèle trouver sa vraie place dans la réalité qui lui correspond. Mais avant de secouer le millefeuille, il faudra prier beaucoup, implorer beaucoup et, bien sûr, filer beaucoup d'oseille. Alors s'avancera celui qui opérera le Grand Renversement. La secte attend l'Élu…

Dimanche, six heures vingt-sept

Toussaint devait prendre une décision. Le brouillard le protégeait encore, mais cela n'allait pas durer éternellement. À quelques pas de lui, le groupe de ses poursuivants grossissait. Que pouvait faire le fugitif ? Se rendre ? Se battre ? Pleurer ? Un tourbillon se déchaîna dans son esprit, avant que ne perce la lueur d'un faible espoir. Il lui restait un allié : son parrain, Gaston Xaoping, qui était fâché avec Jean-Marius. Il détestait la secte… Vu son état de santé, il ne pourrait pas aider son filleul, mais peut-être le cacherait-il le temps de réfléchir ? Toussaint se jeta dans le caniveau. La maison de Gaston n'était pas loin, il suffisait de ramper quelques centaines de mètres. Avec l'humidité ambiante, ça devait bien glisser.

Toussaint progressait aussi vite que le lui permettait son sac à dos. Dans la purée de pois matinale, on aurait dit une limace géante en pleine chasse à la salade. Il se tortillait avec une volonté sans faille, les sens en éveil, et il fallait bien ça pour slalomer entre les offrandes canines de tous coloris qui ponctuaient joliment le parcours.

Une alerte lui valut la frousse de sa vie au niveau du cinéma Le Pagnol. Un homme apparut devant l'affiche de *Monsieur Seguin aimait trop sa chèvre*, version uncut interdite aux moins de dix-huit ans. Toussaint adopta la position carpette, priant pour que l'individu passe sans le voir, et pour que la flaque dans laquelle il venait de plonger ne soit que de l'eau. Tout à coup, le témoin fatal dévia de son axe pour se diriger droit sur un Toussaint tétanisé, avant de se mettre à tituber avec une intensité qui ne laissait aucun doute sur son identité : un poivrot de première catégorie. Il tangua un instant au bord du caniveau, comme si sa raison résistait encore à la noyade, puis, deux rots plus tard, il s'écroula à quelques centimètres de Toussaint. Il salua celui-ci d'un hochement de tête fort civil, puis s'endormit du ronflement du juste.

Le miraculé regarda l'épave qui lui soufflait sa vinasse en pleine figure.

C'était son parrain. M. Gaston Xiaoping, dit « le paratonnerre ».

Journal de Toussaint Legoupil – Séance psy

Gaston Xiaoping est né à Marseille de parents chinois attentionnés qui pensaient faciliter l'intégration de leur fils en lui donnant un prénom bien français. Artiste sculpteur, il fut recruté par petite annonce pour donner corps au « Bougnafrou », l'emblème de la secte, une sorte de lutin à grosse tête, adoré comme un totem et censé porter bonheur. Gaston devint ainsi une figure de premier plan à Croquefigue en tant que fournisseur officiel de la mascotte locale. Aujourd'hui encore, c'est de son atelier que sortent toutes les statuettes du Bougnafrou que s'arrachent adeptes et touristes. Et cela, malgré l'accident…

La semaine qui suivit mon arrivée en France, Gaston Xiaoping s'électrocuta avec un gaufrier. Trois mille volts lui désherbèrent les bulbes et lui laissèrent une étonnante coiffure à la hérisson qui participe grandement à son aura d'idiot du village. Il resta un mois dans le coma. À son réveil, il rassura le staff médical en réclamant des gaufres. Il se remit physiquement, mais plus rien ne fut comme avant. Il garde une étrange séquelle de son accident : à partir de ce jour-là, il devient le roi de la malchance, une victime désignée par le sort une bonne fois pour toutes. Un paratonnerre.

Depuis, Gaston laisse libre cours à sa passion pour l'alcool, qui l'a aidé à achever la transformation de son cerveau en éponge. Le mystère, c'est qu'il a gardé le titre de maître sculpteur de Croquefigue et qu'il parvient toujours à fournir le village en Bougnafrous avec la même régularité. Pour le reste, ses contacts avec l'extérieur se résument à quelques courses à l'épicerie où on ne l'a jamais entendu ouvrir la bouche que pour prononcer avec extase, et quelle que soit la circonstance, cette seule affirmation : « C'est booon, les gauuufres ! »

Dimanche, six heures quarante

Toussaint traîna tant bien que mal Gaston et son coma éthylique jusqu'à chez eux. En refermant la porte, il ressentit un soulagement à l'idée de pouvoir se poser quelques instants.

– Écoute-moi, parrain. Je dois prendre mon avion pour la Chine et tout le village me court après. Il me faut trouver un moyen pour m'échapper.

À ces mots, Parrain regarda Filleul. Ou, pour être plus précis, la tête qui abritait autrefois l'esprit de M. Xiaoping effectua une rotation de 45° et plaça ses globes oculaires en direction de Toussaint. Le regard était fixe, Gaston ne battant plus des paupières depuis l'accouplement contre nature de sa mobylette avec un platane.

– Parrain ? Tu comprends ce que je dis ?

La cavité buccale de l'être qu'on appelait encore M. Xiaoping par habitude s'ouvrit avec la grâce saccadée d'un pont-levis moyenâgeux, révélant une étonnante friche gingivale, Gaston ayant la bouche en jachère depuis son scorbut de 1987. Parrain était sur le point de parler. Il lui restait juste à retrouver dans les marécages de son cervelet comment on formait les consonnes et les voyelles. C'était l'affaire de quelques heures, mais on allait manquer de temps. Car les Autres frappaient à la porte. Des coups furieux, accompagnés des imprécations d'une maman colère. Toussaint lança un regard implorant à son parrain, mais celui-ci existait-il encore sous son enveloppe hors d'usage ?

C'est alors qu'un miracle se produisit. Dans les tréfonds ravagés du thalamus gastonien, deux neurones esseulés unirent leurs synapses. Improbable coït, surtension soudaine, orgasme des neuro-transmetteurs : une lueur d'intelligence éclaira un instant les yeux vides du parrain. Assez longtemps pour lui permettre d'empoigner Toussaint par le bras et l'entraîner à sa suite dans l'escalier de la cave, connu pour sa raideur assassine qui valut à Gaston sa trépanation de l'an 2000.

C'est ainsi que quelques marches ratées plus tard, les deux hommes massaient leurs bosses devant un fatras ahurissant. Par un effet de mimétisme remarquable entre l'homme et son environnement, la cave de Gaston était le reflet exact de son esprit : un innommable boxon. Des dizaines d'étagères ployaient sous la pression d'empilements hardis qui dessinaient, dans la pénombre houilleuse, un monstre hirsute, obèse et venimeux.

Parrain, animé d'une véritable frénésie suite à un court-circuit généralisé dans son lobe occipital, dégageait un coin de la cave, balançant derrière lui la collection complète de l'édition chinoise pirate de *Playboy*, un Palais impérial en cure-dents et une Muraille de Chine en papier crépon. Son ménage de printemps achevé, il s'arrêta net, adressa un sourire à Toussaint, puis, comme si rien ne s'était passé, reprit le masque figé qui lui servait d'ordinaire de visage, yeux de harengs compris : ses derniers neurones venaient de griller. Mais avant de repartir comme il était venu, il avait offert à Toussaint une surprise de taille.

Sur le sol dégagé de la cave, il avait mis au jour une trappe.

Journal de Toussaint Legoupil – Séance psy

– Je cherche une voie de sortie. Je n'en peux plus de tourner en rond dans Croquefigue en ressassant les mêmes questions. Mes parents ont toujours prétendu ne rien connaître de mon passé, mais je suis sûr qu'ils mentent. Vous imaginez, un bébé noir en Chine à la fin des années soixante-dix ? Les journaux ont dû s'intéresser à cette histoire, et la police aussi ! J'ai besoin de savoir... D'aussi loin que je me souvienne, je me suis toujours cherché... Tout petit déjà, dans la cour de récréation, on m'appelait le « Chinoir » ! Allez trouver votre place avec ça ! C'est pourquoi j'ai pris ma décision : je pars pour Chengdu. J'ai déjà appelé mon ami d'enfance Victor Djemba, le fils de Jean-Marius. Il fait du commerce à Pékin et il a promis de m'aider.

– Il ne fait pas partie de la secte ?

– Il est fâché avec son père depuis dix ans. Lui a eu le courage de rompre les amarres, comme Icare qui s'est envolé vers la liberté en quittant le labyrinthe de Dédale.

– Icare n'est pas le modèle idéal. Il a plutôt mal négocié sa crise d'adolescence…

– De toute façon, les mythes, ça finit toujours mal ! Dès qu'on essaie d'améliorer son sort, on est puni. Prométhée, Sisyphe, Œdipe… On veut faire peur aux gens avec ces histoires ! On nous abreuve de légendes absurdes pour qu'on reste à notre place et qu'on n'aille pas voir plus loin. Je suis bien placé pour le savoir !

– Pourquoi ça ?

– Parce que ma propre histoire est un mythe ! Mes parents m'ont raconté tant de fois les obstacles à surmonter sur le chemin de l'adoption, les épreuves à passer… À les entendre, ils étaient les chevaliers en quête du Graal ! Et puis ma naissance reste une énigme… Je suis né noir en Chine et je veux savoir pourquoi. Cela fait des années que je me tiens au bord du grand mystère. Le moment est venu pour le grand plongeon.

Dimanche, sept heures

Un trou noir. Voilà ce que la trappe révéla.

À l'étage les coups devenaient rageurs, il n'était plus temps de réfléchir. Toussaint s'élança, ému aux larmes en entendant son parrain lui souhaiter bonne chance d'un sonore : « C'est booon, les gauuufres ! »

Plongé dans une obscurité totale, Toussaint commença sa progression en aveugle. Trente secondes plus tard, sa tête heurta une roche sournoise. Un peu sonné, il chercha à s'appuyer à la paroi mais ne la trouva pas, car une roche jumelle, surgie de nulle part, se jeta violemment sur son nez. Il décida donc d'avancer à quatre pattes, sage décision qui lui permit de se taillader les mains et de transformer son jean en short à franges[1].

Après un bon quart d'heure de reptation grotesque, il vit apparaître au loin un rai de lumière qui lui réchauffa le cœur. Au même moment, il sentit quelque chose lui gratouiller la nuque. Ce qui, dans un tunnel obscur et fangeux, n'est jamais très bon signe. La chose avait des pattes puisqu'elle entamait une descente dorsale, beaucoup de pattes même car elle continuait les guili dans le cou alors qu'elle lui chatouillait déjà la raie des fesses. La réaction de Toussaint fut peu originale : piaillements stridents et gesticulations frénétiques. Les choses commencèrent à se gâter quand la bête montra des velléités spéléologiques plus poussées. L'honneur de Toussaint était en jeu, on lui attaquait le fondement à la mandibule. C'est donc cul nu dans la bouillasse d'un souterrain morne et glacé que Legoupil se sépara d'un myriapode énamouré, dont il ne put dans la pénombre goûter la forme profilée, l'exosquelette chitinisé et les yeux doux, tendres et bleutés.

Au bout du tunnel, Toussaint colla son oreille à une nouvelle trappe avant de pénétrer dans une petite cave remplie de cartons. Il en poussa une pile sur l'ouverture afin de ralentir ses poursuivants, puis s'enfuit en courant à travers un long couloir. Enfin, il déboucha dans une salle ornée de drapeaux, où il

1. « Un vrai héros doit souffrir, car un vrai lecteur est sadique. »
Écrire un roman ? Fastoche !, p. 112.

tomba nez à nez sur une femme à la tête dure. Une Marianne. Toussaint reconnut les lieux. Il était à la mairie de Croquefigue, dans la salle des mariages, là où Léon officiait le samedi. Il essaya de remettre de l'ordre dans son esprit. Son horizon se bouchait de plus en plus. Pas d'échappatoire sur terre, ni sous terre. Il ne restait plus qu'une voie.

Celle d'Icare, la voie des airs.

Pendant que Toussaint rejoignait le toit, le groupe de poursuivants se rassemblait devant la mairie, Mado à sa tête. Dépeignée par la course, les yeux brûlants d'un instinct maternel dénaturé, elle était prête à sonner l'hallali. Toussaint avait un plan : il allait profiter de l'étroitesse des rues pour fuir en sautant de toit en toit. Avec son sac de dix kilos sur le dos, ça risquait d'être décevant d'un point de vue esthétique, mais ça semblait faisable. Et surtout il n'avait pas d'autre solution…

Ce dont Toussaint ne se doutait pas, c'est que le Ciel allait récompenser son courage. Ses sauveurs étaient en route, ils approchaient de l'entrée du village, et nous vous proposons, cher lecteur, de les rejoindre pour changer un peu d'air.

« Croquefigue-en-Provence, village fleuri.
Le Bougnafrou vous souhaite la bienvenue. »

Le panneau de la DDE, personnalisé à la chevrotine par des chasseurs taquins, apparut au détour d'un virage feuillu et fit saliver de bonheur les époux Winterspoon, citoyens grands-bretons. En touriste aguerri, Mr W. eut le bon réflexe : il rangea son camping-car alezan à vidangeur cinétique sur quelques pissenlits, puis il dégaina son appareil photo. Le soleil se levait sur les collines de Provence. Quelques corbeaux picoraient un hérisson accidenté tandis que les fils barbelés gardaient jalousement le souvenir de papillons empalés. Et Mrs W. attendait près du panneau, toutes dents dehors.

Nul besoin d'échanger la moindre parole, l'harmonie du couple éclairait la scène d'un halo de sérénité. Ce qui était pratique car Mr W. avait oublié son flash au cottage. Il allait immortaliser sa femme Lisa aux côtés d'une ânesse. Un magnifique cliché qui ferait la couverture de l'album du voyage en France. Un moment de touristique extase. Malheureusement gâché.

Car à l'instant où Mr W. appuyait sur le déclencheur, un épouvantail couvert de boue apparut dans le champ de l'objectif, faisant fuir Lisa et l'ânesse dans des braiments confus. Un être hirsute aux vêtements déchirés, un noir haletant aux yeux exorbités qui criait : « Je suis en danger ! Aidez-moi ! Emmenez-moi à l'aéroport de Marignane ! »

C'est ainsi qu'après une poursuite époustouflante sur les toits (à laquelle nous n'avons pas pu assister car nous étions en train de faire connaissance avec les Winterspoon), Toussaint Legoupil s'arracha des griffes familiales et partit enfin à la rencontre de son destin.

Qui a dit « c'est pas trop tôt » ?

DEUXIÈME PARTIE

En Chine[1]

1. Sauf indication contraire, les dialogues de Toussaint avec les personnes rencontrées en Chine se déroulent en anglais. Cependant, par compassion envers les lecteurs nuls en langues étrangères, l'auteur proposera ces scènes en version française.

Chapitre 1

Où il sera question, au milieu des nuages,
d'une amanite loquace,
d'une pipistrelle terroriste
et d'un flan voltigeur.

Dimanche, journal de Toussaint Legoupil

Ça y est ! Fini de tourner autour du pot, du pâté de maisons, de ma vie ! Mon tympan percé en est une preuve irréfutable : on a décollé.

J'ai fait un sacré cauchemar cette nuit. L'angoisse du départ certainement… J'ai rêvé que tout le village était à mes trousses pour m'empêcher de prendre l'avion. Poursuite dans la brume, tunnel avec sale bébête, sauvetage par des Anglais en camping-car : complètement délirant ! C'est le docteur Grounovski qui se serait régalé si je lui avais raconté ça, lui qui me trouve déjà limite parano…

C'est vrai que j'avais quelques appréhensions par rapport à ma mère. Plus la date du départ approchait, plus elle consultait dans l'espoir qu'on lui trouve un truc vraiment grave qui m'obligerait à rester. Rien que la semaine dernière, elle a tenté le tiercé gagnant : neurologue, dermatologue, cardiologue ! Puis elle a fini par se faire une raison… Ce matin, elle nous a sorti un lumbago pour la forme, mais elle savait que ça ne suffirait pas. Quant à mon père, il s'est fendu d'une simple accolade virile, vexé que j'aie refusé son projet initial : il voulait proposer à TF1 de faire de mon voyage l'émission de téléréalité de l'été. *Toussaint Story !* « Le Chinoir va-t-il retrouver sa mère ? Vous le saurez après la pub ! » Ça aurait ramené du touriste au village, disait-il...

Le plus sobre a été mon parrain Gaston, mais vu son état c'est plutôt normal. Il a quand même réussi à articuler « C'est booon les gauuufres », ce qui est déjà pas mal. Enfin, Jean-Marius a joué la carte de l'émotion en montant une chorale avec sa secte pour vociférer du Claude François en canon : « Ça s'en va et ça revient, lalalala... » Un carnage !

Mais je ne me plains pas. Le gourou m'a laissé partir sans problème.

Ce qui n'était pas gagné d'avance.

Journal de Toussaint Legoupil – Séance psy

– La secte de Jean-Marius voue un véritable culte à Claude François.

– Ah oui ?

– Le dogme prétend que tout a commencé le jour de la mort de Cloclo. Alors que l'idole barbotait dans son dernier bain, Jean-Marius ramassait des champignons. Les mauvaises langues disent qu'il a dû aussi en bouffer, mais vous jugerez par vous-même... Donc, il se baladait dans les collines quand tout à coup, à la seconde même où Claude François s'électrocutait, il entendit une voix.

– Qui disait ?

– « Mal-aiméééééé, je suis le mal-aimééééééééé »

– Aïe…

– « Personne ne comprend ce que j'espère et que j'attends / Qui pourrait me dire qui je suis ? / Et j'ai bien peur toute ma vie d'être incompris. »

– C'est bon, ça suffira pour aujourd'hui…

– Pour Jean-Marius aussi, ç'a été un choc. Imaginez, la voix venait d'une amanite tue-mouche ! Une histoire de réincarnation… En tout cas, ce fut la Révélation. Claude François n'était pas mort : il avait changé de réalité parce qu'il ne supportait plus la pression de son existence ! Et en disparaissant, il confiait à Jean-Marius la lourde charge d'aider tous les mal-aimés de la terre à s'accomplir.

– Il a du boulot… Et elle s'appelle comment cette secte ?

– Le Mouvement International pour le Nouvel Ordre Universel.

– Le MINOU ? Pourquoi pas… Vous savez que vous m'ouvrez des perspectives ? Je devrais installer mon cabinet à Croquefigue, il y a du potentiel.

– Vous comprenez pourquoi je ne veux pas rester au village ! Tout le monde travaille de près ou de loin avec la secte. Si je ne pars pas, je suis cuit. Léon a déjà tout prévu. Il veut faire de la secte une multinationale en ouvrant des succursales à l'étranger, et moi je suis l'héritier ! Dans l'esprit de mon père, je vais prendre sa suite. Il est même allé plus loin avec l'accord de Jean-Marius… Vous vous souvenez de l'Élu que tous attendent ? Eh bien… c'est moi !

Dimanche, journal de Toussaint Legoupil

Je vais bientôt atterrir à Orly où m'attend la correspondance pour Chengdu. Pour mon premier vol, je suis ravi. Les hôtesses sourient tout le temps, sauf la grincheuse qui est venue récupérer le sac en papier dans lequel j'avais exprimé ma joie au décollage.

Les autres voyageurs ont l'air habitués aux transports aériens. Ils n'ont même pas daigné écouter le jeune steward qui nous a expliqué les gestes à effectuer en cas d'explosion en vol. Le pauvre s'échinait sur un boudin en plastique jaune et j'étais le seul à prendre des notes. J'ai levé le doigt à plusieurs reprises pour lui faire répéter les passages obscurs, mais j'ai vu que ça agaçait mes camarades de vol.

J'ai pris la décision d'enfiler mon gilet de sauvetage, comme ça, je n'y pense plus. Les hôtesses me dévisagent à chacun de leur passage, comme si j'étais anormal. Elles n'ont pas l'air d'avoir bien conscience des conséquences d'une crise cardiaque du commandant au moment précis où le copilote ferait une péritonite. D'où vient une telle insouciance ?

Je pourrais demander à ma voisine, mais elle ronfle sur mon épaule, un sourire de bébé étalé sur le visage. Et puis je sais qu'elle ne m'apprendra rien sur les transports aériens. Car ma voisine, je la connais bien.

C'est la surprise de la journée : je ne suis pas parti seul.

Journal de Toussaint Legoupil – Séance psy

– Mimi Labrousse est la femme de ma vie. Le problème, c'est que c'est ma mère qui l'a décidé.

– C'est-à-dire ?

– Avec Mimi, on se connaît depuis la maternelle. Nos parents sont voisins, ils nous ont mariés dès le berceau. Le pire, c'est que Mimi est d'accord avec le projet, elle me parle déjà de nos enfants ! Je ne sais pas comment faire pour m'en sortir.

– Vous ne lui avez pas dit que vous ne partagiez pas ses sentiments ?

– Docteur, si je n'étais pas lâche et inadapté au réel, je ne viendrais pas consulter…

– Certes…

– En plus avec Mimi, on a déjà eu une première expérience… Mais ça n'a pas été une réussite…

– Racontez-moi ça…

– Ce n'est pas facile… En fait, on a raté notre dépucelage à cause de Jésus Christ.

– Allons bon…

– D'abord, il faut savoir que je me suis toujours méfié de Jésus. Enfant, je terminais ma prière du soir comme ça : « Mon Dieu, délivre-nous du mal, et, s'il te plaît, ne me tombe pas dessus cette nuit. » C'est qu'il devait bien faire cinq kilos, l'horrible crucifix en bois massif que ma grand-mère avait cloué au-dessus de mon lit… Je me suis donc mis à retarder par tous les moyens l'instant fatidique du coucher. J'ai même fini par inventer des devoirs imaginaires pour pouvoir veiller sans que ma mère puisse protester. Non seulement j'étais épuisé, mais mes parents ne comprenaient pas que je sois toujours aussi nul à l'école…

– Et Mimi Labrousse dans tout ça ?

– J'y viens. L'épisode crucifix a trouvé une fin inattendue l'été de mes dix-sept ans. J'avais profité d'un voyage de mes parents pour planifier mon dépucelage. Mimi Labrousse remplissait les conditions requises : elle était d'accord. Après des hors-d'œuvre assez poussifs, nous avons entamé le plat principal. Alors que je m'efforçais de maintenir un rythme soutenu, Mimi, les yeux et les jambes en l'air, semblait trouver la déco plutôt moche. Ensuite, tout est allé très vite. Les coups portés au mur par le lit en mouvement ont entraîné la chute du crucifix fatal, au moment où nous transgressions la position du missionnaire. Il s'est écrasé sur Mimi qui a perdu ce jour-là quelques dents en plus de sa virginité.

– Aïe…

– L'épisode l'a traumatisée. Elle s'est persuadée que le Christ lui en voulait personnellement. Résultat, elle s'est mise à fréquenter l'entourage de Jean-Marius, l'idée du Grand Renversement l'a séduite : si Jésus la rejetait, il fallait rejoindre le camp opposé en attendant les temps nouveaux.

– Le camp opposé ?

– Mimi prétend être une sorcière. L'héritière des guérisseuses du Moyen Âge persécutées par l'Église ! Elle va ramasser de l'herbe à chèvre dans les collines pour concocter des potions que Léon vend à des prix prohibitifs à tous les gogos qui passent. Mais le pire, c'est qu'elle y croit vraiment à tout ça ! Qu'est-ce que vous voulez que je lui dise ?

– De venir me voir. Ça lui fera du bien.

Dimanche, onze heures quarante-cinq

Sans que Toussaint le sache, l'ombre du Malin l'avait précédé dans la salle d'embarquement de l'aéroport de Marignane, puis avait choisi le moment précis où il portait à ses lèvres une soupe à la tomate brûlante pour lui hurler à l'oreille.

– Surprise !

Tordu de douleur, Toussaint ne put répliquer à cette délicate plaisanterie qu'après avoir épongé la soupe qui lui avait ébouillanté la moitié du corps. En relevant la tête, il vit d'abord une robe de jais, puis une cape corbeau, et enfin, sous une capuche charbon, un joli minois à qui on aurait donné le Bon Dieu sans confession. C'était Mimi Labrousse, le petit chaperon noir.

– Mais qu'est-ce que tu fais là ? cria Toussaint.

– Tu ne t'y attendais pas, hein ? minauda Mimi.

– Tu es venue me dire au revoir ? demanda Toussaint avec inquiétude.

– Mieux. Je pars avec toi ! s'exclama Mimi avec enthousiasme.

(Ici l'auteur laisse un blanc afin de matérialiser
le temps nécessaire à Toussaint pour digérer l'information.)

Reprise après le bug dans l'esprit de Toussaint.

– Il faudrait apprendre à cacher ta joie, mon Toutou…

– Ne m'appelle pas Toutou ! Ça fait vingt ans que je te le demande !

– Tu m'appelles bien Mimi ! C'est aussi un diminutif !

– Je ne veux pas discuter avec toi... De toute façon, je pars seul !

– On a toujours tout vécu ensemble !

– Justement, ça nous changera !

– Mais on part à deux dans une aventure ! Rappelle-toi Pinocchio. Que serait-il devenu sans Jimini Cricket ?

– N'importe quoi...

– Je ne peux quand même pas abandonner l'Élu !

– Vous commencez à me fatiguer ! Je ne suis l'Élu de rien ! C'est Jean-Marius qui t'a demandé de me suivre ?

– Mais non, qu'est-ce que tu vas imaginer ? Simplement, j'ai interrogé les animaux de la garrigue, fit-elle d'un ton mystérieux. Et de terribles menaces planent sur toi en Chine ! hurla-t-elle en faisant rouler ses yeux devant une salle d'aéroport soudain figée.

– C'est ça, porte-moi la poisse en plus !

Mimi ferma les yeux et prit une profonde inspiration en croisant les mains sur sa poitrine. Puis elle rouvrit ses paupières et fixa Toussaint de ce regard qu'il connaissait bien et qui annonçait : « OK, sortons le grand jeu. »

– *(Amicale.)* Je serai là pour te protéger. J'ai emporté avec moi de la ciboulette et du serpolet. C'est très bon contre les ondes négatives.

– Non.

– (*Exaltée.)* J'ai aussi un Bougnafrou de voyage béni par le maître en personne !

– Non.

– (*Coquine.)* Pense à tout ce que je pourrais te faire, le soir, à l'hôtel…

– Non.

– (*Menaçante.)* Alors pense à tout ce que je pourrais te faire à distance si tu ne m'emmènes pas ! J'ai fait de sacrés progrès en magie noire !

– Ça n'existe pas !

– (*Carnassière.)* Tu veux essayer ?

– …

– *(Doucereuse.)* De toute façon, tu sais bien que je n'aurai pas besoin de magie pour te rendre la vie impossible à ton retour si jamais tu me laisses ici.

– C'est du chantage !

– *(Ingénue.)* Tu crois ?

Une heure plus tard, Mimi et Toussaint s'avançaient côte à côte dans la file d'enregistrement. Elle se félicitait sous sa cape légère ; lui se maudissait dans son jean rouge tomate.

– Allez Toutou, ne fais pas cette tête ! On va bien s'amuser ensemble. Et puis tu verras, j'emporte une surprise avec moi, dit-elle d'un ton de conspiratrice. Je te montrerai ça dans l'avion.

Quelques gouttes de sueur perlèrent sur le front de Toussaint. Une surprise de Mimi, dans un pays appliquant la peine de mort, était-ce bien raisonnable ?

Journal de Toussaint Legoupil – Séance psy

– Physiquement, Mimi ressemble au petit chaperon rouge. Mais moralement, ce serait plutôt le loup, vous voyez ? Elle fait à peine un mètre cinquante, et avec sa dégaine d'ado, ses cheveux en bataille et son air innocent, on a envie de la protéger. Mais tout ça, c'est un leurre pour mettre en confiance ! Quand elle se met à mordre, il vaut mieux être son ami !

– Elle vous fait peur ?

– Non, ça va, je suis habitué… Enfin, il m'arrive d'avoir peur, mais uniquement quand elle chante.

– Ah ?

– Elle est la « voix » de la secte. C'est elle qui anime toutes les kermesses du village en hurlant comme si elle était possédée. Son rêve, c'est d'ensorceler les foules à la guitare avec son « Sabbat Rock » et de devenir une star underground. Quant à moi qui ai la chance d'être son confident, j'ai la primeur de ses nouvelles compositions… Et croyez-moi, elle produit beaucoup !

– Pas d'idylle en vue donc…

– J'ai déjà assez de problèmes avec mon identité pour ne pas endosser les siens. Et puis Mimi a un caractère impossible ! Elle veut toujours avoir le dernier mot, et le pire c'est qu'elle y arrive !

– Je vois… Vous cherchez une petite amie qui vous écoute, qui vous admire et qui ne la ramène jamais.

– Non, j'ai besoin d'une copine « normale » : apaisante, stable, sans névrose.

– Parce que vous croyez que ça existe, ça ? Il était temps que vous fassiez une thérapie.

Dimanche, seize heures

Au décollage d'Orly, Mimi était contente. Ça se voyait à sa lèvre supérieure qu'elle retroussait pour dévoiler de jolies canines taillées en pointe. Elle avait noté que le vol vers Chengdu sur Sichuan Airlines portait le numéro SA 666. « SA » comme Satan, ça lui paraissait déjà de bon augure, mais « 666 », le chiffre du diable, là c'était carrément Halloween. On partait sous le signe du Démon ! Alors Mimi, qui avait emporté Lilith, sa guitare martyre, en bagage à main, voulut communiquer sa joie en musique. Heureusement, Toussaint réussit à la persuader que l'acoustique médiocre des Boeing 747 ne saurait rendre l'intensité unique de ses compositions. On évita ainsi l'amerrissage en catastrophe.

Mais pas le combat aérien.

Cela commença par un léger bruissement dans les rangées centrales, puis le mouvement de foule prit de l'ampleur. On entendit des cris, on vit des gens se lever, une mémé réclama un parachute. Toussaint et Mimi observaient, interloqués. Que se passait-il ? Le mal de l'altitude ? Mimi comprit en regardant dans son sac en poil de chèvre.

– Oh non… Elle s'est taillée !

Toussaint allait demander de qui elle parlait quand la réponse apparut, voletant avec frénésie entre les travées.

C'était une chauve-souris. Et pas n'importe laquelle.

– Ratounette ! Reviens ici ! s'exclama Mimi.

Toussaint ferma les yeux en priant pour que tout ça ne soit qu'un nouveau cauchemar. Mais Mimi hurlait de plus belle et Ratounette couinait d'une joie sadique devant le champ de bataille… Pas de réveil possible.

Témoin du désastre en cours, un steward répondant au nom de Gabriel décida d'intervenir. Son objectif : s'emparer de la pipistrelle terroriste. Le courageux s'élança depuis la classe affaires pour prendre sa cible à revers. Sa course était élégante, sa foulée harmonieuse, sa crinière dorée caressait ses joues diaphanes. En le voyant passer, une grabataire qui rentrait en Chine pour se faire enterrer déclara qu'elle avait vu voler un ange. Cela parut soudain évident à tous : c'était Dieu qui envoyait Gabriel.

Ainsi, à dix mille pieds du sol, dans un vieux Boeing de la Sichuan Airlines, les voyageurs comprirent qu'allait se jouer sous leurs yeux un nouvel épisode de la lutte ancestrale entre le Diable et le Bon Dieu. Et une certitude s'imposa : le Malin était en forme.

À quelques mètres de sa cible, l'archange Gabriel percuta le coin d'un plateau-repas qui dépassait dans l'allée. Le choc fut terrible, et tout alla si vite qu'un ralenti s'impose : gros plan sur le visage de Gabriel qui s'assombrit d'un coup, la bouche déformée par l'incompréhension. Plan moyen sur le plateau qui virevolte, libérant de la pesanteur deux congères de colin relevées d'une ratatouille en diarrhée et un parpaing de flan aux fruits déconfits. Retour sur le steward qui amorce sa chute, explosant au passage plusieurs accoudoirs, pendant que Ratounette accompagne la scène d'un long ricanement. Le plateau, vide maintenant, est libre de planer à l'envi, scalpant au passage une ancêtre en choucroute et éborgnant l'archange qui volait. Plan large sur Gabriel qui embrasse le sol, le pif écrabouillé sur la moquette sale. Clôture de la séquence par un zoom sur la part de flan, tournoyant dans les airs telle une patineuse empâtée, et qui termine sa chute molle sur la face du steward vaincu.

Fin de la première bobine.

À partir de cet instant, la loi de la jungle reprit ses droits. Tout l'avion se ligua contre Mimi et Ratounette et il s'ensuivit un épisode d'une violence inouïe que nous allons passer sous silence, cher lecteur, car il nous semble que la littérature ne doit pas servir à flatter les instincts bestiaux par le spectacle de châtiments corporels dégradants[1].

Toussaint serait bien intervenu, mais il était interdit de détacher sa ceinture dans une zone de turbulences. Et puis il préférait garder ses forces : il allait en avoir besoin pour démêler le fil d'une histoire commencée vingt-cinq ans plus tôt…

Journal de Toussaint Legoupil – Séance psy

Il y eut Tristan et Yseult, il y eut Roméo et Juliette… Mais Léon et Mado, c'est quand même autre chose !

Reprenons : à vingt ans, Mado réalisa qu'elle avait essayé tout le village. Elle avait été trop romantique,

1. « Tu te défieras de la curiosité malsaine du lecteur. »
La Bible de l'écrivain débutant, p. 112.

les hommes l'avaient déçue. Comme elle était pieuse, elle se rendit en l'église Sainte-Jeanneton pour négocier en tête à tête avec Jésus une amélioration de sa vie sentimentale. Nul ne sait ce qu'elle promit au fils de Dieu, mais le fait est qu'en sortant de l'église, elle descendit quelques marches, leva les yeux vers le ciel, ouvrit les bras… et réceptionna Léon.

Ce jour-là, le seconde classe Léon Legoupil, parachutiste au 2e REP, répétait avec son régiment quelques acrobaties pour le 14 juillet. Il s'était souvent fait remarquer pour sa nullité lors des séances de saut, mais là il s'était surpassé. Non seulement il avait réussi l'exploit de faire dévier de leur trajectoire une bonne dizaine de canards sauvages, mais il avait atterri à plus de cinquante kilomètres de sa base dans les bras de la sœur de Gargantua.

« Bonjour, toi », fit une Mado au regard langoureux.

« Coin, coin », répondit un canard empêtré dans la toile.

Mado remonta les marches de l'église, son Léon sous le bras. Elle fit résonner la nef de son timbre délicat, M. le curé sortit de son confessionnal. Elle demanda une bénédiction, Léon précisa qu'on pouvait le poser. Par l'opération du Saint-Esprit (assisté de Madeleine Lacrosse, bigote pipelette), la rumeur se répandit si vite qu'à la sortie de l'église tout le village attendait les tourtereaux. Les hommes regardaient Léon avec compassion, les femmes pleuraient de soulagement, le vieux Gustave fit la fête au parachutiste, croyant les alliés revenus, et le canard finit dans les assiettes.

Tout le village choya Léon qui apprécia très vite sa nouvelle vie. Seule ombre au tableau : il maigrissait à vue d'œil. Les multiples relations conjugales qu'exigeait Mado la vorace brûlaient ses calories. On craignit des carences. Le conseil de famille se réunit et exigea un moratoire coïtal. Mais les hormones de fifille avaient des raisons que la raison ne connaît pas. Elle avait trouvé l'amour, à présent elle voulait enfanter. Un bébé dare-dare, un bambino subito. Il fallait que ça ponde fissa.

Pourtant Mado avait beau multiplier les journées portes ouvertes, rester des heures à faire le poirier après l'amour et se bourrer de pieds paquets à l'aïoli (vieille recette marseillaise pour favoriser la fertilité), rien n'y faisait. Après deux années d'essais infructueux, il fallut accepter la dure réalité : la couche Legoupil était stérile.

On pleura beaucoup, puis on pleura moins. La famille fit bloc, chacun fit son deuil. Léon reprit du poids et devint maire de Croquefigue. L'adoption se profila, la Chine s'imposa.

Et c'est ainsi que je naquis.

Lundi, journal de Toussaint Legoupil

Nous allons bientôt atterrir à Chengdu, ma ville natale. Difficile de faire le tri dans mes émotions, surtout après l'épisode Ratounette… Quand je pense que Mimi me parlait d'une « surprise » à l'aéroport… Je n'aurais jamais imaginé qu'elle était partie avec sa bestiole ! Quatre crocs, huit griffes, douze raisons de fuir. Un concentré de vice et de méchanceté ! Comme elle a déjà mordu tout Croquefigue, elle doit vouloir tenter sa chance en Chine. Ambition, quand tu nous tiens…

Mimi a été évacuée au fond de l'appareil par une brigade de stewards. Je profite de ce moment de répit pour laisser un témoignage aux générations futures. Moi, Toussaint Legoupil, fils adoptif de Léon le fourbe et de Mado la souffreteuse, affirme avoir exploré grâce à ma camarade l'extraordinaire variété des sensations que l'expression « torture mentale » ne fait que résumer sans nuance. Prométhée avait son aigle, moi j'ai ma Mimi, nouvelle venue dans la famille des monstres mythologiques envoyés par les dieux pour harceler les impudents à la recherche de la connaissance.

Elle vient de passer devant moi pour aller aux toilettes, encadrée par deux gardes du corps au sourire discret, et elle a tenu à me rassurer : Ratounette va bien ! La bête est sortie du pugilat un peu aplatie, mais elle a sauvé sa tête grâce à l'intervention d'un certain M. Tao, un homme d'affaires chinois qui fait du commerce avec la France, « un chic type ».

Non mais, de quoi je me mêle ?

Pendant ce temps, à Croquefigue-en-Provence…

– Grand Maître Jean-Marius, rassurez-nous, l'Élu va bientôt revenir ?

– Mais oui, fidèles adeptes du MINOU, soyez tranquille. Il a simplement pris ses distances car il a jugé que notre mouvement n'était pas encore prêt à le recevoir avec tous les égards qui lui sont dus.

– Mais que devons-nous faire, Grand Maître ?

– Pour montrer notre dévotion, on va lui construire une demeure à sa mesure. Une belle baraque d'Élu, quoi. J'ai déjà donné de ma personne en repérant un bon terrain sur la Costa Brava. Je vois une grande maison blanche dans le style grec, avec une piscine à vagues et un terrain de tennis. Vous allez partir là-bas, et chaque brique posée, ce sera un pas de plus vers le Grand Renversement. En chantant « Si j'avais un marteau, je bâtirai une ferme, une grange et une barrière », saint Cloclo nous montrait la voie des bâtisseurs.

– Alexandrie, Alexandra !

– Amen. L'idéal serait qu'on ait tout bouclé d'ici l'été prochain, histoire que j'aille y passer deux mois voir si ça convient à l'Élu. Des questions ?

Chapitre 2

Où l'on croisera un bourgeois gentilhomme,
une moustache paranoïaque,
et, une fois les enfants couchés,
un crabe de Taïwan.

Lundi, huit heures quinze

– Ouah, comme ils étaient nerveux dans leur coucou ! J'ai failli finir dans la soute avec Ratounette !

Après une sortie houleuse de l'avion sous les invectives des passagers, Toussaint et Mimi attendaient leurs bagages dans le hall de l'aéroport de Chengdu. Un bâtiment flambant neuf, des panneaux en anglais, une myriade de duty free : Toussaint, qui s'attendait à être dépaysé, fut déçu.

– L'essentiel, c'est que j'ai réussi à la sauver grâce à M. Tao, murmura Mimi en sortant de sa poche un doigt en sang que la Poilue, bien agrippée, tétait goulûment. Là, elle reprend des forces. Je vais la cacher sous ma cape pour passer la douane, M. Tao m'a dit que c'était plus prudent. D'ailleurs, il m'a demandé qu'on l'attende au cas où il y aurait un problème.

– Très serviable, cet homme. Tu lui as jeté un sort ?

– Mon charme naturel a suffi, je suis irrésistible. Il a même proposé de nous accompagner jusqu'à notre hôtel. Tiens, le voilà qui arrive !

Toussaint se retourna et vit débouler une énorme valise à roulettes. Le temps de se demander si la chose avait des freins, elle lui avait démonté le genou. « 劳驾 », s'exclama la valise alors que Toussaint improvisait des injures en se tortillant à terre de façon grotesque.

Un petit être chauve et sans âge apparut derrière le bagage et releva Toussaint en geignant.

– Ah ! Triple sot que je suis ! La peste soit de la balourdise !

Toussaint resta interloqué devant les gesticulations de l'excité.

– Vertuchou ! Faites-moi rosser par vos gens ! Que l'on me donne la bastonnade !

Qui était ce fou ? Toussaint avait l'impression de replonger en plein bac de français. Avait-il des hallucinations suite au choc ? Le bourgeois gentilhomme venait-il de se réincarner à la sauce chinoise ?

– Tout va bien, ne vous inquiétez pas, fit Toussaint pour calmer le malade.

– Je suis votre humble serviteur ! déclama Tao.

– Je n'ai besoin de rien, merci.

– Vous vous moquez ? Votre confidente m'a relaté le détail de votre quête. Chengdu ne me cèle point de secret et il n'y a rien que je ne mettrais en œuvre pour vous satisfaire. Je voudrais que vous fussiez déjà auprès de madame votre mère.

Toussaint ne savait plus quoi penser. Mimi lui avait parlé de sa mère ? Il les regarda alternativement.

Tous les deux avaient discuté dans l'avion. Avaient-ils mis au point un sketch pour le faire marcher ?

– Ça y est, j'ai compris ! Vous m'avez bien eu !

– Plaît-il ? fit Tao en fronçant le sourcil.

– Je te jure que ce n'est pas une blague, chuchota Mimi à l'oreille de Toussaint.

– Ah bon ? Eh bien… dans ce cas, merci pour votre proposition, mais je ne voudrais pas abuser… euh… ventrebleu !

– Que nenni, jeune homme ! Je serais fâché que vous n'eussiez point recours à mes services. Permettez pour l'heure que nous ralliions votre hostellerie avec mon véhicule.

– Bigre ! Quelle sollicitude que la vôtre ! Topons là, monsieur ! répondit Toussaint en retenant un fou rire.

– N'importe quoi, marmonna Mimi.

Le trio trottina jusqu'à la sortie du terminal au milieu du flot des touristes. Parking géant, berlines de marque, taxis suréquipés : Toussaint ne trouvait toujours pas de traces de la Chine qu'il avait imaginée. Mais au bout de quelques mètres, il reprit espoir. Au milieu d'une file d'autobus en stationnement, il aperçut enfin un des symboles de l'Asie. Tas de rouille écrasé par la superbe des cars chromés, il tenait crânement sa place tel un îlot de passé dans l'océan de la modernité[1].

C'était un pousse-pousse, motorisé, avec une énorme capote parcheminée. Un véritable collector.

1. « Tu manieras la métaphore avec précaution. »
La Bible de l'écrivain débutant, p. 112.

– Vous avez vu ? C'est amusant, fit Toussaint.

– C'est surtout très laid, ajouta Mimi.

– Par ma foi… c'est à moi, conclut M. Tao. J'affectionne l'ancien.

M. Tao installa ses invités et leur proposa une corde en guise de ceinture de sécurité. Puis il prit son casque, les commandes et la direction de l'autoroute en pétaradant. Toussaint ne put retenir longtemps sa curiosité :

– Puis-je vous demander où vous avez appris notre langue ?

– Ah, souvenir plaisant ! Ma nourrice était parisienne, une ancienne de la Comédie-Française. Des répliques brillantes de vos auteurs illustres, elle berça mon enfance. *Les Fourberies de Scapin* occupaient dans son cœur la toute première place. « Que diable allait-il faire dans cette galère ? », vous connaissez ?

Toussaint ne répondit pas. Le front appuyé contre la capote du pousse-pousse, il laissa son regard se perdre dans le dédale d'immeubles gris qui bordaient l'autoroute à huit voies, en se demandant s'il allait trouver les réponses qu'il cherchait.

« Que diable allait-il faire dans cette galère ? » C'était peut-être la bonne question…

Pendant ce temps, à Croquefigue-en-Provence…

– Pourquoi Toussaint est-il parti ? Qu'est-ce que je lui ai fait ? Réponds-moi, Léon !

– Calme-toi Mado, tu n'y es pour rien. Il a pris le soleil sur la chichourle, ça va passer.

– J'ai été une mère exemplaire ! Je me suis saigné aux quatre veines pour lui, et voilà qu'il part sans même se soucier de savoir si mes dernières analyses de sang sont bonnes ! Si c'est pas de l'ingratitude, ça !

– Je crois que…

– Continue à me masser au lieu de dire des fadaises, ça me fait comme des piqûres d'aiguille dans les omoplates ! Non mais franchement, la Chine ! Et toi qui fais comme s'il était au centre aéré ! Si on t'écoute, il est allé jouer à saute-panda dans le bac à sable de la place Tienanmen et il nous appellera après le goûter !

– Tu t'inquiètes trop, tu vas nous faire une jaunisse.

– Mon cœur de mère saigne !

– Houlà… Tu veux pas prendre ta tempé ?

Lundi, journal de Toussaint Legoupil

M. Tao nous a accompagnés jusqu'à l'hôtel à bord de son pousse-pousse. Il a failli nous tuer dix fois pendant le trajet, mais il nous a bien facilité les choses à la réception, ça compense… Il a aussi renouvelé sa proposition de m'aider à retrouver ma mère biologique. On verra… Pourquoi je ne croise que des échappés de l'asile ?

Le voyage a été éprouvant, mais j'ai vingt-quatre heures pour récupérer avant d'aller visiter l'orphelinat. Le grand saut dans l'inconnu est prévu pour demain après-midi. J'ai eu la mère supérieure au téléphone. J'ai essayé de lui poser quelques questions, mais elle avait l'air complètement perdue et ne se souvenait de rien. Pourtant elle n'a pas dû pouponner beaucoup de bébés noirs dans sa carrière !

À propos de noir, je vais bientôt me sentir moins seul : Victor Djemba débarque de Pékin à la fin de la semaine ! Je viens de l'avoir au téléphone et il semble motivé pour fêter dignement nos retrouvailles. Il m'a répété qu'il serait ravi de me filer un coup de main dans mes recherches. Il aurait ses entrées au ministère de la sécurité d'État grâce à une amie secrétaire qui ne lui « refuse rien »... Mon camarade n'a donc rien perdu de son pouvoir de séduction !

M. Tao, Victor... Tout le monde veut m'aider. Il ne reste plus qu'à croiser les doigts.

Journal de Toussaint Legoupil – Séance psy

– Quand j'étais petit, je voulais être Victor Djemba. Le fils de Jean-Marius était un de ces cancres charmeurs qui sont toujours capitaines de l'équipe de foot et dont toutes les filles sont dingues. Vous voyez le genre ?

– Très bien, j'étais comme ça moi-même !

– Ah oui ? Eh bien, pas moi...

– Normal, si vous croyez tout ce qu'on vous raconte...

– Comment ? Ça veut dire que vous...

– Continuez.

– D'accord... Victor passait son temps à faire des conneries avec beaucoup d'élégance et de créativité. Il travaillait par petites touches, tout en finesse : moins la connerie serait voyante, plus elle se laisserait admirer. On peut le dire, Victor était un artiste. Mimi et moi nous l'assistions, jaloux de son audace. Par exemple, on partait de nuit dévisser les plaques des rues pour ensuite les replacer proprement ailleurs. Tout Croquefigue a été rebaptisé par nos soins et le facteur a fini en maison de repos. On faisait la même chose avec les plaques d'immatriculation. Le mieux, c'était pendant les vacances, quand les touristes venaient de loin et repartaient avec une plaque bien de chez nous. Nous avons opéré pendant des années, modifiant les noms sur les boîtes aux lettres ou les sonnettes, échangeant les pots de fleurs entre voisins, redistribuant le linge dans les jardins. Qui n'a pas vu la tête de l'abbé Saint-Freu devant sa bassine remplie des porte-jarretelles de la mère Labrousse ne connaît pas la vie !

– J'imagine…

– L'idée était d'animer le quotidien et de créer de nouveaux liens entre les gens. Ainsi Victor glissait des petits mots sous les portes des villageois en signant du nom d'un voisin : des billets doux, des demandes loufoques, des lettres de délation… Ça faisait de l'animation ! Croquefigue était comme un grand théâtre et nous distribuions les rôles. C'était très amusant.

– Surtout pour vous…

– Euh… Oui…

Lundi, message de Mimi Labrousse
à Jean-Marius Djemba

Maître JM,

Quelques mots pour vous informer que nous sommes bien arrivés à Chengdu. Je vous recommande chaudement la compagnie Sichuan Airlines. Leur slogan « Montez, vous êtes déjà en Chine » annonce la couleur : on ne trouve pas mieux pour se préparer à l'ambiance « régime autoritaire » ! Pauvre Ratounette, elle a subi des brimades tout le voyage... Elle que j'ai ramassée bébé dans le caniveau, rejetée par les siens parce qu'elle avait peur la nuit... Le sort s'acharne, mais elle sera vengée. Avec les imprécations que j'ai lancées, je ne serais pas étonnée que la Sichuan Airlines connaisse quelques petits crashs aériens dans les temps qui viennent...

Vous allez encore dire que je passe mon temps à râler, et vous aurez raison : j'adore ça ! Quel plaisir de répandre son fiel de-ci, de-là... C'est ce que ne comprend pas Toussaint, toujours si moral, si prudent... À quoi ça sert d'être beau comme un astre si c'est pour être aussi coincé ? Mais je sais que je le débloquerai bientôt... À l'étranger, il va être obligé de quitter ses petites habitudes et ça va lui faire tout drôle à ce grand benêt !

En attendant, je lui ai déjà trouvé un Chinois prêt à l'aider dans ses recherches. Oui, je sais, je suis indispensable et mon ingéniosité est sans bornes (d'ailleurs, je m'épate moi-même). Mon Chinois s'appelle Tao. Il parle comme dans les pièces de Molière, c'est ridicule mais pour l'instant on n'a que lui sous la main. Ce soir, il nous emmène dans un cabaret typique, le Pink Pussycat. Ça s'annonce torride, je crois que je vais sortir ma guêpière en toile d'araignée. Il a fallu motiver Toussaint (comme d'habitude), il avait peur d'être fatigué pour affronter sa « rude journée » de demain (pauvre petit !). Par contre, il m'a fait promettre de laisser Ratounette à l'hôtel. Je ne sais pas ce qu'il a contre ma protégée, mais je le soupçonne d'être jaloux... C'est bon signe, non ? De toute façon, entre lui et moi, c'est fatal. Il finira par s'en apercevoir.

Voilà pour les premières nouvelles. Je reste en contact avec vous. Soyez rassuré, l'Élu est entre de bonnes mains.

Lundi, vingt heures

Il est des lieux magiques sur cette terre. Des espaces hors du temps qui offrent à l'âme fatiguée, luxe, calme et volupté. Des cocons de bonheur qui vous enveloppent, avant de vous libérer, métamorphosé, pour un envol serein vers l'azur.

De tels lieux existent. Mais le Pink Pussycat n'en fait pas partie.

De l'extérieur, le cabaret ne paye pas de mine ; à l'intérieur, ça s'améliore : il fait tout noir. Aussi l'imagination du client peut-elle vagabonder, comme un prélude au spectacle, pour pénétrer les mystères du lieu : d'où vient l'odeur méphitique qui imprègne le vestiaire ? Pourquoi cette étrange sensation poisseuse quand on décolle sa chaussure du sol ? Où est la sortie de secours ?

M. Tao était un habitué. Le sourire de l'hôtesse d'accueil ne laissait aucun doute là-dessus, la petite tape qu'elle reçut sur les fesses non plus. On leur proposa la meilleure table, face à la scène. Une serveuse s'approcha, vêtue d'une simple minijupe, la poitrine vaguement dissimulée derrière deux petits drapeaux chinois. Tao lui chuchota quelques mots à l'oreille, puis il éclata de rire en s'exclamant :

« Cachez ce sein que je ne saurais voir ! » Enfin, il annonça qu'on allait leur apporter le cocktail maison, le « Litchi Kaput » : alcool de riz, gingembre, curaçao, vodka, servi chaud avec un litchi en baigneur[1].

« C'est infâme ! Mais c'est un excellent aphrodisiaque ! », lança Tao avec un clin d'œil complice avant de faire signe de la main qu'il fallait se taire. Le spectacle allait commencer.

Le grand rideau de la scène, sur lequel copulaient deux dragons aux naseaux fumants, s'ouvrit sur un clone de Bruce Lee qui se lança dans un numéro comique à base de kung-fu clownesque. La réaction de la salle fut glaciale. Il débita ensuite une série de blagues qui n'eurent pas plus de succès, malgré une débauche de mimiques égrillardes. Seul M. Tao hurlait de rire en se tapant sur les cuisses avec une telle force qu'il finit par en tomber de sa chaise. Toussaint ne comprenait pas un traître mot, mais il lui sembla à plusieurs reprises entendre Bruce Lee articuler « Toto ». Il n'osa imaginer avoir fait treize mille kilomètres pour passer une soirée à écouter des blagues de Toto en chinois…

Soudain Bruce s'approcha du bord de la scène et scruta le public d'un air énigmatique. Changement d'ambiance. Une musique mystérieuse retentit. « Il a besoin d'un volontaire », précisa M. Tao qui se relevait en s'agrippant aux jambes d'une serveuse. L'excitation illumina soudain les yeux de Mimi.

1. Le lecteur intéressé trouvera la recette du Litchi Kaput dans les bonus du roman, page 217.

L'appel de la scène était trop fort pour la guitariste vedette de Croquefigue.

– Toussaint... Tu crois qu'il a besoin de quelqu'un pour chanter une chanson ?

– C'est sûr ! Il n'attend que ça, répondit son ami qui estimait que c'était à son tour de rire un peu.

Mimi empoigna Lilith, son souffre-douleur à six cordes, et s'élança sur scène. Bruce eut un moment d'hésitation que la sorcière rockeuse mit à profit pour désaccorder sa guitare. Alors que Mimi faisait quelques vocalises gutturales, Bruce se ressaisit et présenta son numéro. D'après les accessoires, il allait offrir un classique de la magie : la femme coupée en deux. Une Mimi en rondelles ? Toussaint pensa que ça devenait passionnant.

Bruce invita la volontaire à s'approcher de sa caisse magique ; Mimi l'ignora et fit retentir les premiers accords d'une de ses compositions les plus hardies : *Mon araignée au plafond*. L'artiste revint à la charge en brandissant une gigantesque scie ; Mimi exprima sa contrariété en soufflant tel un chat tuberculeux à la face de l'insolent. La salle éclata de rire, déstabilisant le comique qui obtenait là un des plus gros succès de sa carrière. Ses efforts pour attirer l'apprentie sorcière jusqu'à la table d'opération furent vains, car Mimi s'acharnait maintenant sur Lilith avec une énergie diabolique. Alors le destitué fit ses adieux à la scène en lâchant un dernier « Toto ! » furieux, avant d'aller se perdre dans l'oubli des coulisses. Nos pensées l'accompagnent.

Mais revenons plutôt à la vedette surprise, grisée par les feux de la rampe et le Litchi Kaput. Mimi est en scène, en pleine forme, alors que vous, cher lecteur, vous êtes à la page 73, peut-être un peu fatigué. C'est pourquoi l'auteur de ces lignes, qui songe avant tout à votre confort, vous propose une alternative pour la suite.

L'idée de subir une chanson de Mimi ne vous paraît pas des plus folichonnes ? Vous ne souhaitez pas perdre le fil d'une histoire déjà bien confuse ? Rendez-vous directement page 74.

Par contre, si vous êtes amateur d'expériences extrêmes et si vous n'avez vraiment rien d'autre à faire, lisez ce qui suit et découvrez…

Mon araignée au plafond
(Berceuse hard rock)

J'ai une araignée au plafond
Elle trotte dans ma tête
Me grignote, fait des miettes
M'fait des trous dans l'carafon
Mon araignée au plafond.

J'ai une araignée au plafond
Quelque chose me chagrine
Du jus coule par mes narines
C'est p't'être mon cerveau qui fond ?
Mon araignée au plafond.

J'ai une araignée au plafond
Elle m'a mis le crâne en deuil

Elle m'a même rongé un œil
Va falloir m'faire un greffon
Mon araignée au plafond.

J'ai une araignée au plafond
Elle devient grassouillette
Elle prépare ses layettes
Ça s'ra une maman canon
Mon araignée au plafond.

J'ai plein d'araignées au plafond
Les petites sont joueuses
Elles ont bouffé leur logeuse
Elles m'ont vrillé le siphon
Mes araignées au plafond.

Je n'suis plus qu'un garde-manger
Une sucette, un entremets
Je m'fais doucement digérer
Par mes chéries
Mes araignées. *(Bis.)*

*

Cher lecteur, vous étiez averti.
Merci quand même pour Mimi.

Lundi, vingt et une heures

À la fin de sa chanson, Mimi se lança dans un solo de guitare qui ringardisa en trois accords vingt ans d'avant-garde musicale. Sa méconnaissance profonde des règles harmoniques, alliée à une oreille sévèrement handicapée, lui permettait de se livrer sans complexe aux arpèges les plus hardis.

Toussaint était consterné, la salle tétanisée, mais comme la consommation d'alcool était montée en flèche dès l'apparition de Mimi, la direction retarda l'intervention des videurs. Enfin, son forfait accompli, elle regagna sa place, une joie enfantine éclairant son visage. M. Tao loua la « générosité de la French Touch », puis demanda à ses amis toute leur attention. Un grondement de tambour retentit. Les lumières baissèrent en intensité, virant du vert pisseux au bleu sale. Tao glissa d'un air entendu qu'on attendait « Miss Woo Woo ».

– Une chanteuse ?

– Pour l'Asie tout entière, le plus grand transformiste ! De Marilyn Monroe, le sosie officiel : votre ravissement n'aura d'égal qu'au ciel !

Un grand moment d'émotion s'annonçait, Toussaint craignait le pire.

Alors une moustache s'avança.

Journal de Toussaint Legoupil – Séance psy

– Je me méfie des moustachus.

– C'est à cause de votre père ? Il est bien moustachu, n'est-ce pas ?

– Pas seulement. Vous avez déjà réfléchi à cette question : qu'est-ce qui amène quelqu'un à porter une moustache ? Que se passe-t-il le jour où une personne décide de ne pas raser ces quelques poils supplémentaires ?

– Vous n'avez vraiment rien d'autre à penser ?

– On est en plein dans le problème de l'identité ! Si demain je porte une moustache, je ne serai plus le même. Essayez d'imaginer Salvador Dalí, Charlot ou Hitler sans leur attribut pileux ! Une moustache, ça définit un individu. C'est ce qu'on voit en premier chez quelqu'un. En faisant ça, je change le regard que les autres portent sur moi.

– C'est la même chose pour un barbu.

– Pas tout à fait… On rase tout ou on ne rase rien, ça, je comprends ! Alors que la moustache, c'est un acte de sélection du poil ! Les barbus sont souvent des timides qui se cachent derrière leur pilosité. Le moustachu, c'est l'inverse. Il ne se cache pas, il s'expose.

– Vous me faites un sketch, là ? Ou bien je dois prendre votre cas beaucoup plus au sérieux que je ne le croyais ?

– J'ai ma théorie : le moustachu est un être sournois. Il met ses poils en avant pour dissimuler quelque chose. La moustache est un leurre, un paravent pour type louche. Et on trouve la même chose chez les femmes.

– La moustache ?

– Mais non, l'équivalent au féminin, c'est la poitrine.

– Je ne comprends plus rien…

– Une femme peut décider ou pas de mettre ses seins en avant. Un décolleté plongeant, c'est comme une moustache proéminente. Son interlocuteur ne voit plus que ça, et se fait piéger.

– En fait, vous êtes vraiment paranoïaque… Vous devriez prévoir une petite moustache pour masquer ça.

– Je ne peux pas, j'ai trois poils qui se battent en duel.

Lundi, vingt-deux heures

Quand Miss Woo Woo entra en scène, une onde de choc se propagea dans la salle, ébranlant les esprits les plus sereins et les estomacs les mieux accrochés. Imaginez une silhouette élancée sortant de l'ombre, des jambes interminables, une robe légère laissant deviner une poitrine grandiose, un visage d'une pureté absolue.

Puis oubliez tout ça et regardez Miss Woo Woo en face.

D'abord on se tait, parce qu'on est trop choqué pour dire quoi que ce soit. Ensuite l'esprit tente de reprendre le contrôle et des questions commencent à affleurer la conscience : si Miss Woo Woo a mis une perruque blonde pour imiter Marilyn Monroe, pourquoi a-t-elle gardé sa moustache noire ? Que peut-on attendre d'un être cumulant bacchantes et décolleté plongeant ? Peut-on concilier l'existence d'un tel spectacle et la foi en un être transcendant et bon ?

Pour se remettre, Toussaint descendit son Litchi Kaput cul sec.

Encore une erreur…

À son retour des toilettes, la salle baignait dans un silence étrange. La scène était vide, la foule comme pétrifiée. Toussaint traversa une forêt de statues de sel. Les hommes restaient hagards devant leurs cocktails dépuratifs, les femmes semblaient défaites, figées dans un rictus haineux. Tous les regards convergeaient dans la même direction, tous pointés vers la même cible : la table de M. Tao, cernée d'un halo éblouissant.

Toussaint s'approcha, entra dans la lumière, et ce fut la Révélation. Face à lui, une déesse chinoise en fourreau de soie noire ondulait avec une grâce infinie. Poitrine généreuse, chute de reins vertigineuse : à Croquefigue, on aurait dit « Peuchère, elle a de la conversation ». Toussaint rendit les armes devant l'ensorceleuse.

Comme réveillé par magie de sa léthargie, le visage de M. Tao se mit à pétiller. Il se dressa, fit un baisemain à l'apparition, puis la présenta à ses invités : « Baby Sugar, une grande artiste. »

– Et une grande amoureuse, minauda la divine en fixant Toussaint de ses yeux de biche et en feignant de ne pas entendre une remarque de Mimi sur le coût des prothèses en silicone.

À l'écoute de son corps qui commençait à ressentir les effets secondaires non répertoriés du Litchi Kaput, Toussaint ne répondit pas. Il ne percevait plus son entourage que par intermittence, comme si – clic, clac – son cerveau clignotait. Clic, Baby Sugar s'approche de moi ; clac, il fait noir, j'entends mon cœur qui bat. Clic, elle caresse ma joue ; clac, j'ai très froid, des fourmis dans le cou. Clic…

Alors que notre héros luttait contre lui-même, Baby Sugar l'entoura avec douceur, telle une veuve noire enveloppant sa proie. Puis, devant un parterre de mâles frémissants, elle lui souffla d'une voix suave :

– Alors Petit Panda, tu es prêt pour le grand voyage ?

Journal de Toussaint Legoupil – Séance psy

– Et depuis Mimi Labrousse, vous avez eu d'autres expériences plus satisfaisantes ?

– Pas vraiment non… Je suis plutôt inhibé avec les filles… En fait, je crois que j'ai peur de coucher avec ma mère.

– Ah, vous voyez quand je vous disais que vous n'étiez pas clair avec votre Œdipe !

– Mais non, je parle de ma mère biologique !

– Vous ne la connaissez pas…

– Justement ! Rappelez-vous l'histoire d'Œdipe. Il est devenu roi en épousant sa propre mère ! Il a couché avec elle sans le savoir et les conséquences ont été terribles !

– Quel rapport avec vous ?

– Lui aussi était un enfant adopté. Comme lui, je ne sais rien sur ma mère biologique. Elle m'a peut-être eu très tôt, à quatorze ou quinze ans, et je pourrais très bien tomber sur elle.

– Ça serait quand même une sacrée coïncidence.

– Et alors ? Ça suffit pour me bloquer !

– Vous n'avez qu'à vous limiter aux femmes de moins de trente ans, vous serez tranquille.

– Oui… mais si je tombe sur ma sœur ?

– Vous avez une sœur ?

– Je n'en sais rien, c'est possible ! Ma mère a peut-être eu d'autres enfants.

– Je vois. Il ne vous reste plus qu'à essayer les plus de soixante ans.

– Et si ma grand-mère…
– M. Legoupil, c'était de l'humour !
– …

Mardi, neuf heures

Toussaint émerge lentement d'un sommeil cotonneux. Une douce lumière sur son visage, des cui-cui mélodieux d'oiseaux multicolores, des parfums épicés montant de la rue. Et deux énormes seins devant ses yeux. Ce qui n'est pas normal.

Toussaint se demande ce que font ces globes siliconés dans son lit. À ce moment précis, il ne trouve aucune explication rationnelle. Il est prêt à explorer des voies cognitives parallèles comme l'apparition fantasmatique, mais il n'en a guère le temps : soudain les seins palpitent, trémulent, et se mettent à parler.

– Coucou mon Petit Panda, font-ils d'une voix soyeuse.

– Bonjour, répond Toussaint aux mamelons qui le fixent droit dans les yeux.

– Alors, on ne me reconnaît pas ?

Toussaint regarde, hagard. Son réseau neuronal lutte pour réparer les dommages occasionnés par le Litchi Kaput. Ça grince chez les synapses et ça décuve chez les cellules gliales (car nous avons aussi des lecteurs neurologues[1]). Il fallut attendre la courageuse mobilisation de l'hypophyse et du cortex cérébral, que nous remercions au passage, pour que

1. « Un lecteur ciblé est un lecteur acquis. »
Écrire un roman ? Fastoche !, p. 112.

Toussaint retrouve une partie de ses capacités intellectuelles et puisse identifier sa partenaire.

C'était Baby Sugar, l'artiste mamelue.

– Bien sûr, je vous reconnais… Mais… dites-moi… j'ai… dormi avec vous… ?

– Dormi ? Beaucoup d'humour, Petit Panda, comme tous les Français. Et beaucoup de fougue aussi ! s'exclama Baby Sugar en battant frénétiquement des paupières.

– Excusez-moi, je ne me souviens plus de rien. J'ai vraiment passé la nuit ici ?

– Ah, ah ! Petit furet ! Tu veux jouer avec Baby Sugar ? Tu veux que je te raconte, c'est ça ? Tu aimes les histoires coquines ?

– Ça doit être le cocktail… C'est le trou noir pour moi…

– Arrête, tu veux émoustiller ta Sugar ! Tu sais comme elle s'embrase vite !

– Je vous assure que…

– Hum, Toussaint, fit la mutine en se tortillant dans son peignoir, tu es un amant exceptionnel, un spécialiste de l'ombrelle tibétaine.

– Ah oui ? Pourtant je ne connais pas l'ombr…

– Très fort aussi pour le crabe de Taïwan. Position difficile, peu de clients y arrivent, bravo !

– Merci, je suis flatté, mais…

– Tu veux recommencer ? dit-elle d'un ton langoureux en effleurant de sa main le torse de Toussaint. Allez, mon Petit Panda, refais-moi le crabe… Sois gentil avec Baby Sugar… Aujourd'hui, c'est cadeau.

– Bon, alors juste un petit crabe, fit Toussaint un peu fébrile. Mais d'abord, on pourrait enlever le crucifix qui est au-dessus du lit[1] ?

La bouche offerte, Baby Sugar haletait. Ses mains faisaient glisser son peignoir le long de ses courbes voluptueuses. Toussaint, hypnotisé, suivait ce mouvement lascif qui allait dévoiler son… son…

Mais en fait non.

Car à cet instant, alors que commençait un échange culturel franco-chinois des plus intenses, on tambourina à la porte à coups redoublés. Sugar se raidit, Toussaint ramollit, nous privant par là même d'une séquence des plus torrides[2].

– 外面！早早儿, débagoula une voix criarde.

– Aïe, une urgence, dit Baby Sugar.

– Qu'est-ce qui se passe ? demanda Toussaint.

– C'est une copine qui a besoin de la chambre…

On frappa à nouveau à la porte et des sortes de jappements s'associèrent aux vociférations.

– Je suis désolée, mon chéri, il va falloir qu'on remette ça à plus tard. Elle ramène un vieux qui a pris trois pilules de Viagra et qui est en train de se faire le porte-parapluie. Si on les fait attendre, ça va être le drame. Tu reviendras me voir un de ces jours ?

Toussaint se rhabilla en hâte pendant que la collègue tempêtait de plus belle. Il lança un dernier

1. « Rien de tel qu'une bonne grosse scène de sexe pour relancer l'intérêt d'un roman. »

Écrire un roman ? Fastoche !, p. 112.

2. Que le lecteur frustré se rassure, l'auteur compatissant a prévu une scène érotique alternative dans les bonus du roman à la page 216.

sourire à Baby Sugar avant d'ouvrir la porte, et se retrouva nez à nez avec Miss Woo Woo qui le fusilla de la moustache. Elle tenait en laisse un vieillard aux yeux exorbités qui aboyait, poisseux de bave, un pébroc entre les dents, le pantalon baissé et le… mais peut-être allez-vous passer à table, cher lecteur ? Dans le doute, il me semble plus raisonnable d'arrêter là ma description.

Alors Petit Panda s'éloigna, un peu ivre, la démarche en crabe. Il flottait au-dessus de ce monde, soumis à une foule de sensations fugitives, déjà rattrapé par le démon de la nostalgie et sentant combien notre cœur est un instrument incomplet, une lyre où il manque des cordes, et où nous sommes forcés de rendre les accents de la joie sur le ton consacré aux soupirs, comme dirait Chateaubriand. (D'ailleurs c'est lui qui le dit, j'ai piqué cette phrase dans *René*[1].)

Toussaint ne se souvenait pas de sa nuit, mais il sentait qu'il avait changé. Il avait l'impression d'être devenu un homme.

Il était prêt à retrouver sa mère.

1. « Tu ne négligeras pas les charmes du plagiat. »
La Bible de l'écrivain débutant, p. 112.

Chapitre 3

Où l'on visitera le Paradis en compagnie
d'une bonne sœur à roulettes,
d'un Alzheimer contagieux
et d'une cornette narcoleptique.

Mardi, message de Victor Djemba
à Toussaint Legoupil

Alors mon grand, pas trop assommé par le décalage horaire ? J'espère que ça ne t'a pas empêché de goûter aux délices des nuits chinoises… Ce week-end, je me chargerai de te faire découvrir des sensations inédites : prépare-toi pour la tournée des grands-ducs !

En attendant, je voulais te faire un petit signe avant ton grand retour chez les sœurs. Je suis ravi que tu sois là, et encore plus de voir que tu t'émancipes enfin ! Ça y est, Toussaint Legoupil sort de sa coquille ! Il était temps que tu envoies paître Léon et Mado. Je ne sais pas comment tu as fait pour les supporter jusqu'à maintenant… Moi, ça fait dix ans que je ne parle plus à mon père et je t'assure qu'il ne me manque pas. Fils d'un gourou, tu t'imagines ? Quoique… Je ne veux pas te porter la poisse, mais toi qui cherches tes parents, on ne sait pas ce que tu vas trouver… Tout est possible ! Allez, j'arrête là, tu dois être assez tendu comme ça. J'espère sincèrement que tes recherches vont aboutir. Si tu as du nouveau à l'orphelinat, appelle-moi : ma copine au ministère est prête à s'occuper de ton cas (quant à moi, je m'occupe du sien…)

D'ici là, bonne chance avec les nonnes !

Mardi, journal de Toussaint Legoupil

Petite pause à l'hôtel avant de rejoindre l'orphelinat. Je viens de trouver un message de Victor à la réception. Voilà qui m'encourage davantage que les délires de Mimi ! Quand je suis rentré tout à l'heure, elle faisait le pied de grue devant ma porte, l'air furax.

– Alors, comment l'Élu a-t-il passé sa nuit ? me lança-t-elle avec quelques glaçons dans la voix.

– Oh, ça suffit avec ça ! C'est pas le moment, répondis-je.

– Ne fais pas ta mijaurée… Je dis juste que pour quelqu'un qui raconte à son psy qu'il a peur de coucher avec sa mère, tu ne t'es pas posé beaucoup de questions hier soir…

– Ne commence pas à me stresser ! Il y a des millions de femmes à Chengdu. Il faudrait une sacrée coïncidence pour que Baby Sugar soit…

– On en a vu d'autres…

– Mimi !

– Oh moi tu sais, ce que j'en dis…

– D'abord, je fais ce que je veux ! On n'est pas mariés !

– Ah ça, certainement pas ! Tu te prends pour qui ?

– Mais pour personne justement ! C'est toi qui me…

– Ça, c'est la meilleure ! Monsieur voudrait se marier maintenant !

– Pas du tout, je disais que…

– J'en reviens pas ! Mon pauvre Toussaint, je ne veux pas te faire de la peine, mais tu n'es pas du tout mon type.

– Quelle mauvaise foi, c'est incroyable ! Que fais-tu en Chine, alors ?

– Je suis venue par pitié. Sans moi, tu ne serais même pas monté dans l'avion !

Il m'a fallu une heure pour me calmer. Baby Sugar, ma mère ? N'importe quoi… Quel âge peut-elle bien avoir ? Quarante ans ? C'est absurde… mais ça me travaille ! Merci bien… Comme si j'avais besoin de ça… Enfin, l'avantage de la dispute, c'est que je n'aurai pas à me peler Mimi à l'orphelinat. Avec son look d'Antéchrist en jupons, sûr qu'on aurait eu droit au Kärcher d'eau bénite !

Allez, il est temps de rejoindre les nonnes. Haut les cœurs, Toussaint, c'est le grand jour.

Mardi, seize heures

L'orphelinat de Chengdu constituait une preuve irréfutable de l'existence de Dieu. Seule une volonté surnaturelle, exercée à plein temps, pouvait maintenir debout le tas de cailloux dénommé « Asile Sainte-Thérèse-des-Bienheureux ».

Toussaint, ému et péteux, frappa trois coups à une grande porte rongée par les vers. L'être qui lui ouvrit constituait une preuve irréfutable de l'existence de Dieu. Seule une volonté surnaturelle, exercée à plein temps, pouvait maintenir debout le tas d'os dénommé « sœur Marie-Béate ».

– Bienvenue, mon fils. Tu es ici chez toi.

– Toussaint passa avec émotion le seuil de la vénérable bâtisse. Le hall d'entrée lui sembla tout de suite familier. Ces murs défraîchis, cette odeur de vieux bois, cette lumière tombant des vitraux…

– C'est incroyable, ma sœur. Je n'avais que quelques jours quand mes parents adoptifs sont venus me chercher, pourtant je reconnais les lieux. Tout mon corps me dit : « Tu as vécu ici. »

– Jésus Christ Roi nous apprend à ne pas trop écouter notre corps, répondit sœur Marie-Béate, avant d'ajouter dans un soupir : Dieu merci, le mien est silencieux depuis longtemps.

– Mais je sens que…

– Tes sens sont déréglés.

– Mon âme…

– Tu n'as pas vécu ici. L'orphelinat a déménagé il y a dix ans et l'ancien bâtiment se trouve de l'autre côté de la ville. Alors laisse ton âme tranquille et suis-moi.

Vexé par l'accueil revêche, Toussaint se vengea en exécutant quelques gestes obscènes dans le dos de sœur Marie-Béate. Attitude puérile, certes, mais dont les vertus apaisantes ne sont plus à prouver. Puis, il se mit à rire intérieurement en pensant que sa guide ressemblait à un tas de serpillières animé par magie. Moquerie facile que certains jugeront indigne, mais sur laquelle nous passerons au nom de la charité chrétienne. De toute façon, l'hilarité de Toussaint ne dura pas. Il dut bientôt se concentrer sur sa course. C'était un fait : sœur Marie-Béate accélérait.

Comme monté sur roulettes, le petit tas serpillait de plus en plus vite, prenait les virages à la corde et piquait des sprints dans les lignes droites. Toussaint essaya de tenir le rythme, mais il s'essouffla peu à peu le long d'interminables couloirs. Enfin, il rendit ses poumons au pied d'un escalier qu'emprunta sœur Marie-Béate sans même lui jeter un regard. À quatre pattes sur le sol, Toussaint hoquetait. Il ne pouvait pas la perdre ! Pas maintenant ! Alors, convoquant toutes ses forces, fouettant ce qu'il lui restait d'amour-propre et de virilité blessée, il se lança à la suite de la marathonienne naine. Et il embrassa à pleines lèvres le granit hostile. Dès la troisième marche.

Il resta un long moment à méditer avec un goût de sang et d'humiliation dans la bouche. Il n'avait pas connu pareille honte depuis le cross du brevet des collèges où il était arrivé avant-dernier juste devant le gros Michalon qui se remettait d'une bronchite. Le passé ressurgissait… C'était donc ça le retour aux sources ? Toussaint finit par reprendre ses esprits et son ascension. L'escalier lui parut interminable. Il essaya de compter les marches, mais une fois dépassée la centaine, il perdit le fil. Finalement, il atteint un palier et se retrouva face à trois portes. Il se sentit épuisé. Il avait l'impression d'avoir parcouru des kilomètres dans un labyrinthe.

Et maintenant ces trois portes portant chacune une inscription : « Paradis », « Purgatoire », « Enfer ».

Toussaint hésita. Ça sentait le piège. En plus, il saignait du nez. Alors il ferma les yeux, avança une main et poussa une porte.

Une porte ? Mais laquelle, cher lecteur[1] ?

Si vous voulez que Toussaint aille au Paradis, rejoignez la page 92.

Si vous souhaitez que Toussaint visite le Purgatoire, c'est la page 91.

Si vous mourez d'envie de jeter Toussaint en Enfer, voyez page 90.

1. « Lecteur impliqué, intérêt relancé. »

Écrire un roman ? Fastoche !, p. 112.

Enfer

Cher lecteur, rappelons que Toussaint est seul, perdu dans un étrange orphelinat, abandonné par une bonne sœur à roulettes. Il a monté plusieurs centaines de marches, il est fourbu et blessé, et on lui donne le choix entre le Paradis, le Purgatoire et l'Enfer. Et vous, cher lecteur, il vous semble logique de penser qu'il va choisir l'Enfer ?

Pourquoi voulez-vous du mal à ce pauvre garçon ?
Pourquoi cette attirance pour l'Enfer ?
Cher lecteur, est-ce que tout va bien dans votre tête ?

Purgatoire

Cher lecteur, grâce à vous Toussaint vient de trouver les toilettes.

Merci pour lui, il en avait bien besoin (ce qui est assez rare dans les récits d'aventures, vous en conviendrez[1]).

1. « Un vrai héros n'urine pas. »

Écrire un roman ? Fastoche !, p. 112.

Paradis

La pièce était plongée dans le noir. Toussaint s'avança d'un pas inquiet. Puis il se souvint qu'il était entré les yeux fermés, alors il les ouvrit.

On la refait : la pièce était baignée d'une douce lumière colorée par de riants vitraux. Toussaint s'avança d'un pas assuré, c'était la bibliothèque de l'orphelinat. Des centaines d'ouvrages s'alignaient sur les rayonnages : des hagiographies, des encycliques, mais aussi les œuvres complètes de l'abbé Pierre sur papier bible et la vie de Mère Teresa en bandes dessinées. La main droite de Toussaint caressait les reliures patinées pendant que la gauche épongeait le sang qui coulait de ses narines et qui avait joliment rehaussé la couverture défraîchie d'un dossier titrant *Jésus Christ, un extraterrestre : et si Raël avait raison ?*

– 人人生而自由,在尊严和权利上一律平等。他们赋有理性和良心,并应以兄弟关系的精神相对待.

Une voix venue de nulle part retentit dans la pièce. Toussaint sursauta. Était-ce Dieu qui lui parlait ?

Raël ? Il se figea sur place en découvrant le visage débonnaire d'une sœur aux étonnants sourcils imitation moquette.

– Je suis désolé, je ne parle pas chinois, fit Toussaint.

– Ne t'inquiète pas, mon fils, moi non plus, répondit la sœur.

– Mais… ce que vous venez de me dire…

– C'est le premier article de la Déclaration universelle des droits de l'homme en chinois.

– Ah ?

– La seule phrase que je connaisse. Alors quand je peux la sortir, je la sors ! s'exclama la sœur avec enthousiasme.

– Je comprends…

– Pour être sincère, je sais aussi dire « champignon » et « arrosoir », ajouta la sœur visiblement ravie.

– C'est bien…

– Voilà, voilà… Dis-moi, mon fils, on papote, on papote, mais une question me tracasse : que fais-tu ici ?

– Je vais tout vous expliquer. Je m'appelle Toussaint. Je suis un ancien enfant de l'orphelinat. C'est sœur Marie-Béate qui m'a guidé…

– Elle t'a fait entrer au Paradis ?

– Euh… Pas vraiment… En fait, j'ai essayé de la suivre, mais elle m'a… comment dire… semé.

Le visage de la sœur prit une expression attendrie.

– C'est vrai qu'elle est restée alerte.

– Ah ça…

– Malgré ses quatre-vingt-dix-neuf ans.

– Ah oui ?
– Et sa cheville cassée.
– Sa cheville ?
– Ah, si tu l'avais connue avant sa cataracte !
– Sa cata…
– Entre nous, ce qui l'a vraiment diminuée c'est la mort de sa grand-mère. Depuis l'enterrement, il y a trois semaines, je ne la reconnais plus, elle se traîne comme une âme en peine.
– Je crois qu'elle va mieux…
– Tu me rassures, c'est gentil. Tu es un bien charmant garçon, je vais voir si je trouve une image de saint Joseph pour toi… Mais… Dis-moi, mon fils, on papote, on papote, et une question me tracasse : que fais-tu ici ?
– Je… Je vous ai dit que je m'appelais Toussaint…
– Un nom chrétien, félicitations… Mais comment se fait-il que tu sois encore chez nous à ton âge ?
– Non, vous vous méprenez, ma sœur…
– Et puis c'est l'heure de la cantine ! Tu vas être puni !
– Écoutez-moi, j'ai été adopté il y a vingt-cinq ans. Je suis revenu ici dans l'espoir de trouver des informations sur ma mère biologique.
– Ah, d'accord ! fit la sœur en se frappant le front de la main. Je te demande pardon ! Tu sais, à mon âge, on commence à perdre les pédales. Je comprends tout maintenant !
– Je m'étais mal exprimé, ce n'est pas grave, fit Toussaint, soulagé.
– Si c'est grave ! Parce qu'on papote, on papote, et ça ne me dit pas l'essentiel : que fais-tu ici ?

Toussaint sentit une grande faiblesse l'envahir. Était-ce l'émotion ? Une conséquence de sa chute ? Toujours est-il qu'au moment où la sœur lui demandait à nouveau de communier dans l'Alzheimer, son cerveau décida de rendre l'antenne.

Pendant ce temps, à Croquefigue-en-Provence...

« C'est booon les gauuufres ! »

Mardi, dix-huit heures

Quand Toussaint reprit connaissance, tout était blanc autour de lui. La lumière l'enveloppait, et il vit que cela était bon. Il était couché dans un lit moelleux, et il vit que cela était bon. Il tenait un lapin en peluche à la main, et il vit que cela était bizarre. On avait dû le transporter à l'infirmerie après son malaise... Une petite voix lui conseilla de quitter les lieux avant le retour de la sœur infirmière : si elle avait jugé bon de lui filer une peluche, elle serait bien capable de vouloir lui prendre la température...

Toussaint erra un moment dans les couloirs, peu rassuré à l'idée de faire une nouvelle rencontre dans ce qui ressemblait davantage à un asile de fous qu'à un orphelinat. Mais il retrouva espoir en tombant par miracle – Alléluia – sur ce qu'il cherchait : la salle des archives, annoncée par un charmant panonceau rose en bois vérolé.

« Toc, toc, toc – Qui est là ? – Toussaint – Tire la chevillette – Merci. » La bobinette cherra sur un réduit obscur où la lumière divine ne filtrait qu'à travers un hublot crasseux. Tout dans cette pièce disparaissait sous des monceaux de papiers, des montagnes de dossiers, des avalanches de documents, et pourtant – vous commencez à me connaître, cher lecteur – je ne suis pas du genre à exagérer. Le désordre était tel que la Sainte Vierge, punaisée au mur, en pleurait à chaudes larmes.

Au centre du capharnaüm, Toussaint aperçut une sœur à genoux sur un prie-Dieu, les yeux fermés, les mains jointes.

– Approche, mon fils. Je suis sœur Marie-Lumière, laissa échapper l'extatique.

– Bonjour, je m'appelle…

Toussaint s'interrompit car la sœur avait entamé un petit dodo, la cornette en position off. Il fallait attendre qu'elle revienne parmi les vivants. Cela prit de longues minutes, pendant lesquelles Toussaint se demanda si Dieu ne venait pas de prélever sa dîme. Enfin la sœur s'ébroua.

– Pardon mon petit, mais le Seigneur dans son infinie bonté m'a bercée quelques instants. Un avant-goût du paradis.

– Chez nous, on appelle ça une sieste, marmonna Toussaint pendant que la sœur bâillait à s'arracher la mâchoire.

– Tu es Toussaint, n'est-ce pas ? C'est moi que tu as eue au téléphone hier. Je n'ai pas eu le temps de chercher ton dossier, mais tu vas pouvoir consulter les archives de 1978. D'abord, je voudrais…

Toussaint sentit son cœur s'emballer. Il fixa le lourd classeur que la sœur avait posé en évidence sur son bureau, impatient qu'elle termine sa phrase et qu'elle le lui tende. Mais rien ne vint. Sœur Marie-

Lumière venait à nouveau de se mettre en veille, et cette fois elle ronflait. Toussaint prit son mal en patience, mais au bout d'un moment, il craignit qu'elle n'ait commencé sa nuit. Le dossier était là, à quelques centimètres… Il regarda autour de lui, tendit la main… et poussa un cri lorsque sœur Marie-Lumière, se redressant d'un coup, l'œil vitreux, récita un « Notre Père » en latin, avant de retomber sur le prie-Dieu dans un grognement.

Toussaint se saisit du classeur et le parcourut en tremblant. Les fiches étaient nombreuses et mal classées, mais il eut beau les passer en revue trois fois de suite, il ne trouva rien. Il profita du sommeil de la nonne pour explorer les archives des autres années. Au bout d'une heure, il fallut se rendre à l'évidence.

Il n'y avait aucun dossier à son nom.

Journal de Toussaint Legoupil – Séance psy

– Cette nuit, j'ai rêvé que je visitais mon orphelinat et que j'avais mon dossier entre les mains.

– Vous l'avez ouvert ?

– Je me suis réveillé à ce moment-là.

– Classique : la peur de la vérité. C'est toujours pareil avec les secrets de famille, on brûle de savoir et en même temps on craint la révélation. La plupart des patients sont comme vous, ils ont des comptes à régler avec des parents cachottiers. La famille, c'est d'abord le secret.

– Pas dans toutes les familles quand même ?

– Mais si ! Consciemment ou non, un enfant suspecte toujours ses parents. Ça commence tout bébé : le nourrisson sait qu'on parle de lui, mais il ne comprend rien. Il est un intrus dans un univers qui existait avant sa naissance. Il est exclu de la communication du couple, et il va nourrir toutes sortes de fantasmes. D'autant plus qu'un enfant ne connaît de ses premières années que le récit que ses parents en font. Il est bien obligé de les croire... C'est pour ça que des adolescents vont jusqu'à se persuader qu'ils ont été adoptés et qu'on le leur cache. Et comme les parents ne pourront jamais répondre à toutes les questions, le malaise persistera. Rien n'apaisera jamais ces angoisses.

– Eh ben, c'est agréable de venir vous voir... À vous écouter, ça ne sert à rien que je cherche à connaître mes origines !

– Ne le prenez pas comme ça. Je voulais dire que vous ne pourrez jamais être satisfait des réponses que vous obtiendrez. Ça n'empêche pas de faire tout son possible pour approcher la vérité. On ne peut pas avancer autrement. Il est grand temps que vous l'ouvriez, votre dossier.

Mardi, vingt heures

Où était-il, ce dossier ? Égaré ? Subtilisé ? Toussaint cherchait vainement à comprendre quand sœur Marie-Lumière se réveilla en réclamant du vin de messe. Il profita de l'aubaine pour cuisiner la religieuse, mais n'obtint pas d'autres informations. Il s'était bercé de faux espoirs. Les sœurs étaient grabataires, leurs mémoires étaient en lambeaux, il ne restait pas de traces du passé. Toussaint laissa sœur Marie-Lumière roucouler avec les anges. Il traversa un orphelinat fantôme et ressortit à l'air libre.

La déception s'abattit sur lui en même temps que la nuit. La rue était lugubre. Il n'y avait pas un bruit. Seul un chat noir apparut en chuintant, histoire de mettre l'ambiance. Toussaint fit quelques pas, sans trop savoir où aller. Que faire maintenant ? On allait bien se moquer de lui à Croquefigue… Il imaginait déjà la joie obscène de ses parents quand il rentrerait bredouille…

Alors qu'il était plongé dans ses idées noires, Toussaint sentit une main se poser sur son épaule. Surprise, peur, réflexe ? Il se retourna et lança son coude en avant. Le coup fut efficace. Il entendit un « schloung », puis chercha à distinguer dans la pénombre l'identité de son agresseur.

– C'est pas vrai ça, il m'a pété le dentier ! fit une voix douloureuse. Je suis sœur Marie-Marie !

– Pardon… J'ai cru… dans la nuit…, bredouilla Toussaint en découvrant le visage de la sœur qui jurait comme un charretier.

Elle était outrageusement maquillée, faux cils, rimmel et rouge à lèvres. Toussaint pensa que si la vieillesse était un naufrage, la sœur avait coulé depuis longtemps.

– Dieu nous met à l'épreuve, ses voies sont impénétrables. Ce n'est pas le cas de tout le monde, mais passons. J'ai à te parler, fit sœur Marie-Marie en remontant son soutien-gorge.

– De quoi ?

– De ta mère.

Le cœur de Toussaint s'emballa. La sœur sentait l'alcool de riz, mais elle avait l'air de savoir de quoi elle parlait.

– Vous avez des informations sur elle ?

– Tout le monde dans cet orphelinat pourrait t'en parler…

– Pourquoi la sœur archiviste ne m'a-t-elle rien dit ? Il n'y avait même pas de dossier à mon nom !

– La honte, Toussaint. Elle n'a pas eu le courage… C'est un épisode que nous avons toutes cherché à oublier… Ta mère était chinoise, une très jeune femme… Je la revois encore le jour où elle est partie d'ici. C'était un matin glacial. Elle t'avait emmitouflé dans une épaisse couverture…

– Elle a dit son nom en partant ?

– Non, mais…

– Elle n'a rien laissé qui pourrait me donner une piste ?

– Rien, mais…

– Alors il n'y a aucune chance que je la retrouve ?

– Si.

– Comment ? Si elle n'a rien dit en me laissant…

– Tu le sauras si tu me laisses en placer une ! C'est pas vrai, ça ! À vous dégoûter de rendre service !

– Excusez-moi…

– Ta mère n'a rien dit parce que c'était inutile.

– … ?

– Elle n'avait pas besoin de dire un nom que nous connaissions toutes.

– … ?

– Elle s'appelait Wan Li Fu, mais pour nous elle restera… sœur Marie-des-Anges.

– Sœur Marie-des… ? Une religieuse ?

– Une pécheresse, Toussaint. Une âme perdue.

Pendant ce temps, à Croquefigue-en-Provence...

– Léon, tu crois que Toussaint va découvrir quelque chose là-bas ?

– Mais non, ne t'inquiète pas. Comment veux-tu qu'il sache ?

– On ne peut pas tout prévoir...

– Mado, tu vas me vexer ! Tu me prends pour un jobastre ou quoi ?

Mardi, journal de Toussaint Legoupil

Retour de l'orphelinat, fourbu mais heureux. J'aurais voulu partager ma joie avec Victor, mais impossible de l'avoir au téléphone. Je lui ai laissé un message pour lui annoncer le scoop : Toussaint Legoupil, l'enfant caché d'une bonne sœur ! Je m'attendais à une surprise, mais là j'ai été gâté ! Sœur Marie-des-Anges... Ç'avait dû être un beau scandale... Une nonne en cloque qui couve au couvent, c'est pas tous les jours ! Maman s'est fait virer et je suis resté là. Elle n'a pas pu refaire le coup de la Vierge Marie, surtout avec un petit noiraud dans les pattes... Dommage, je me serais bien vu en fils de Dieu, moi... L'« Élu » pour de vrai !

Elle s'appelle Wan Li Fu, voilà au moins quelque chose de concret. Avec ça, la copine de Victor va pouvoir lancer des recherches. Entre M. Tao et lui, j'espère qu'on va remonter sa piste... Quant à mon père, mystère. Personne n'a jamais su comment sœur Marie-des-Anges avait pu « fauter » alors qu'il était interdit aux novices de sortir de l'orphelinat. À l'époque, certaines sœurs ont même pensé que j'étais l'enfant du diable… J'ai raconté ça à Mimi et j'ai bien vu qu'elle était jalouse !

Maintenant que je suis seul dans ma chambre, je me sens bizarre, un peu vide, comme si j'étais déçu… Pourtant, j'ai eu la réponse que j'attendais… C'est peut-être ça le problème… Mado et Léon étaient-ils au courant ? M'ont-ils caché la vérité ? Peut-être pas… Il est possible que les sœurs aient dissimulé cet épisode peu reluisant et qu'aujourd'hui l'une d'elles ait éprouvé le besoin de vider sa conscience… Mais de là à faire disparaître mon dossier… C'est quand même bizarre cette histoire…

Journal de Toussaint Legoupil – Séance psy

– J'ai toujours trouvé louche le mythe d'Œdipe, ce type qui se crève les yeux au moment où il y voit clair pour la première fois. Pas vous ?

– Pourquoi ?

– Il y a un truc qui cloche. Œdipe a été abandonné parce qu'un oracle a prédit qu'il tuerait son père et qu'il épouserait sa mère. Il échappe à la mort et il est adopté par le roi Polybe et la reine Mérope. Il n'est jamais mis au courant de son adoption, si bien que le jour où un oracle lui répète son destin tragique, il croit bien faire en fuyant loin de ses parents adoptifs, et vous connaissez la suite… Ce que je ne saisis pas, c'est pourquoi Polybe et Mérope n'ont jamais dit à Œdipe qu'il avait été adopté ?

– Par peur de sa réaction sans doute…

– Mais Œdipe était le futur roi ! Ses parents ont bien dû penser que quelqu'un lui dirait un jour la vérité !

– Si je me souviens bien de l'histoire, ils n'ont rien dit à personne. Le peuple croit que c'est leur fils biologique, non ?

– Alors c'est encore plus louche ! Comment la reine a-t-elle réussi à faire croire qu'elle avait accouché d'Œdipe ? Ça se voit si une femme est enceinte ! Elle s'est cachée pendant des mois ?

– Vous vous posez trop de questions, c'est juste une histoire…

– Pourquoi on nous la rabâche depuis des siècles ? Et vous avez vu comment ça se termine ? Œdipe se crève les yeux et sa mère se pend, du beau boulot ! Moi, je trouve qu'il y a quelque chose de bizarre là-dessous. Vous savez ce que j'en pense : les mythes servent à dissimuler la vérité.

– Et votre propre histoire, alors ? Vous disiez que c'était un mythe. Elle cacherait quoi ?

– Je ne le sais pas encore, mais croyez-moi, je trouverai.

Mardi, vingt et une heures

M. Tao se montra très enthousiaste quand Toussaint lui fit le récit de sa visite à l'orphelinat. Il expliqua qu'il avait des amis dans l'administration qui pourraient jeter un œil sur le cas de sœur Marie-des-Anges. Après tout, Toussaint était un compatriote, il se devait de l'aider. Pour fêter ça, il proposa à ses amis d'aller manger dans son restaurant préféré, Le Cochon facétieux, à deux pas de l'hôtel.

La rue débordait de bars à dim sum et d'étals improvisés. On se pressait autour de cuistots jongleurs faisant valser woks et baguettes. Des gâte-sauce illusionnistes vantaient leur cuisine pyrotechnique à grand renfort de flammes. Ça rissolait de tous côtés. Les glandes salivaires de Toussaint étaient en transe. Mimi s'arrêta devant une échoppe minuscule, l'attention attirée par un apprenti qui s'acharnait au couteau sur un cœur de bœuf spongieux avec autant de joie que de sang sur le visage.

– Cool, ça me rappelle mon stage de magie noire, fit-elle.

– Vertuchou ! Que voilà une bien méchante passion pour une personne de votre sexe ! s'offusqua Tao.

– Laissez mon sexe tranquille ! Vous ne seriez pas un peu misogyne, vertuchou ?

– Que nenni…

En pénétrant dans le restaurant, Toussaint et Mimi ne purent retenir une expression de stupéfaction. Le spectacle avait de quoi surprendre : la grande salle du Cochon facétieux était la réplique exacte du célèbre Mandagon sacré de Pékin (que nous ne ferons pas l'injure au lecteur de décrire tant ce monument est mondialement connu[1]).

– D'une expérience unique, le Ciel va nous combler ! lança M. Tao en faisant asseoir ses invités. Le cuisinier est un habile homme natif de Canton. Avez-vous déjà ouï le dicton sur les Cantonais ? On

1. « Pensez au coup de la référence culturelle inventée : lecteur déstabilisé, regain de curiosité. »

Écrire un roman ? Fastoche !, p. 112.

prétend qu'ils font bonne chère de tout ce qui a quatre pattes, sauf les tables !

– Ça promet, fit Mimi. J'ai bien fait de laisser Ratounette à l'hôtel.

– Souffrez que je vous conseille le ragondin au foie frais de loutre, très goûteux, ou encore le consommé de criquets à l'aigre-douce, un délice pour le palais.

– Alléchant, dit Toussaint qui ne craignait jamais de repousser les limites de l'hypocrisie.

– Pour moi, ce sera riz blanc, fit Mimi qui n'hésitait jamais à vexer tout le monde.

– Un serveur à la mine déconfite arriva devant M. Tao et débita un discours tout en courbettes frénétiques.

– Que l'affaire est fâcheuse ! s'exclama Tao. J'ai tous les regrets du monde de vous annoncer que ce soir, il n'y aura que des nouilles au menu. La peste soit du scorpion aux cinq parfums qui vient d'envoyer le cuisinier à l'hôpital !

– C'est bien, qu'il se repose, fit Mimi.

– Plaît-il ?

– Je disais : va pour les nouilles !

La soirée fut une réussite. M. Tao offrit le champagne pour fêter les révélations du jour. Il était tellement enjoué qu'il déclama la tirade du nez de Cyrano de Bergerac tout en sifflant la bouteille. Cinquante vers en apnée, ça s'appelle le talent.

On trinqua à la Chine, aux orphelins, à la vérité et puis, comme toujours dans ces cas-là, à un peu n'importe quoi.

Mardi, message de Mimi Labrousse à Jean-Marius Djemba

Maître JM,

Deuxième jour en Chine et je suis obligée d'avouer que Toussaint m'a sidérée. Vous n'allez pas le croire, mais il a passé sa première nuit avec une entraîneuse de cabaret ! J'ai hésité un moment à le faire égorger par Ratounette, et puis je me suis contentée de jeter un mauvais sort à sa « Baby Sugar »... Il faut voir le côté positif de la chose : Toussaint est en train de se décoincer, un jour c'est moi qui en profiterai ! D'ailleurs, il a l'air décidé de continuer à faire sauter les verrous puisque ce soir, il a pris une biture d'anthologie. C'est la première fois que je le vois aussi déchaîné. Il a fini sur la table du resto en chantant « Je suis chinoir et je le reste », un chapeau de mandarin sur la tête et des baguettes dans les narines !

Il faut dire qu'il y avait de quoi faire la fête aujourd'hui. D'abord, Toussaint s'est rendu à l'orphelinat comme un grand (parano comme il est, c'est pas mal) et il est même revenu avec des informations sur sa mère biologique (autiste comme il est, ça touche au miracle). C'est la grande nouvelle du jour : l'Élu va peut-être retrouver sa môman !

C'est pourquoi je termine avec une question qui me turlupine : cher Maître, pourquoi m'avez-vous dit avant mon départ que Toussaint ne trouverait rien en Chine ?

Mardi, journal de Toussaint Legoupil

Il est presque minuit, nous venons de rentrer du Cochon facétieux et je suis tout proche du coma éthylique. Mais avant de me coucher, je veux rendre hommage à mon ami Victor qui a tenu à participer à la fête en m'envoyant un petit message amusant. J'ai été un peu déstabilisé en récupérant son mot à la réception car il était rédigé en anglais, mais j'ai vite reconnu son goût pour le canular.

M. Legoupil,
Je suis surpris que vous soyez descendu à l'hôtel sous votre nom, j'espère que vous savez ce que vous faites. Je commençais à m'inquiéter de ne plus avoir de vos nouvelles. Je me permets de vous rappeler deux choses : 1) j'attends votre livraison depuis deux semaines ; 2) je déteste attendre.
Contactez-moi au plus vite.
Mister Yellow.

À la grande époque, Victor adorait endosser de fausses identités pour écrire des lettres à tout Croquefigue. Le moins qu'on puisse dire, c'est qu'il n'a pas perdu la main… Mr Yellow, il fallait oser ! Vivement ce week-end qu'il arrive !

Journal de Toussaint Legoupil – Séance psy
– Comment se fait-il que vous vous soyez perdus de vue avec Victor ?
– C'est à cause de l'affaire du Mammouth…
– C'est-à-dire ?
– C'est notre plus grande réussite… Mais c'est aussi la fin de notre aventure artistique… Notre cible : le supermarché Mammouth d'Aubagne. L'idée : entrer chacun à notre tour avec un caddie,

puis le remplir à ras bord avant de l'abandonner dans une allée. Tout ça le plus vite possible pour retourner chercher un nouveau chariot et recommencer l'opération. Le vigile à l'entrée, aussi physionomiste que ma grand-tante aveugle, nous facilita la tâche. Ce jour-là, je réussis à remplir un total de dix-neuf caddies. Mimi atteignit les vingt-trois, mais en bonne tricheuse elle les avait bourrés de gros ours en peluche. Victor nous battit largement avec vingt-huit chariots, aux articles variés et colorés. À la fin de la journée, pas moins de soixante-dix caddies attendaient sagement leurs propriétaires dans des allées de plus en plus encombrées. Ce fut notre dernier happening. Il en existe même un film… grâce aux caméras de surveillance. Nos parents n'ont pas été contents, c'est peu de le dire, mais Victor a eu la punition la plus terrible. Nous l'avons appris plus tard : il était reparti du Mammouth les poches pleines ! Et ce n'était pas la première fois ! C'en était trop pour Jean-Marius. La position de gourou s'accordait déjà mal avec les plaisanteries du fiston, alors s'il se mettait à voler… Victor fut envoyé en pension. Quand il revenait à Croquefigue pour les vacances, on lui interdisait de nous fréquenter Mimi et moi… Aujourd'hui, il fait du commerce à Pékin. Sa mère a eu la gentillesse de me donner son téléphone malgré les réticences de mon père et de Jean-Marius. Ce qui m'a fait plaisir, docteur, c'est qu'on s'est parlé comme si on s'était vu la veille. C'est quand même quelque chose les copains d'enfance !

– C'est surtout une illusion… Soyez lucide : on s'en fiche pas mal de nos copains d'enfance, sinon on ne les aurait jamais perdus de vue ! Ils nous intéressent uniquement comme puits de souvenirs. Si on cherche à les revoir, c'est pour se retrouver soi. La nostalgie n'est qu'un des masques de l'égoïsme.

– Vous faites de jolies phrases aujourd'hui, docteur.

– Merci. C'est cinquante euros.

Chapitre 4

Où l'on traitera, histoire de maintenir le lecteur en haleine, d'un téléphage physionomiste, d'une idylle poilue et d'une cerise sur le gâteau.

Mercredi, journal de Toussaint Legoupil

Soirée de fête, matin d'enterrement : j'ai été réveillé à huit heures par des coups lugubres à ma porte. Mon crâne en bois s'est extirpé du lit avec peine, mes bras en plomb ont enfilé un peignoir et mes jambes en coton m'ont traîné jusqu'à la carpette de l'entrée. Il y avait deux Chinois dessus, ce qui en soi n'était pas anormal à Chengdu. Un énorme type avec un visage bouffi, qui m'a paru tout de suite très louche (il avait des moustaches), et une femme habillée tout en jean avec des tatouages sur les avant-bras.

– Vous êtes M. Legoupil ? demanda le moustachu en français.

– Oui…

– Je m'appelle Gong, je serai votre traducteur.

– Traducteur de quoi ?

– De votre déposition. Je vous présente l'inspectrice Shao Lin.

La femme habillée tout en jean s'avança en mâchouillant un chewing-gum. L'apparition de la police, dans un pays aussi pointilleux sur les droits de l'homme que la Chine, me fit frémir…

– Mme l'inspectrice vous souhaite la bienvenue à Chengdu.

– C'est trop aimable…

– Et elle vous signale que vous avez un morceau de baguette dans la narine gauche.

– Ah ? Oui… C'est rien… C'est une amie… Elle m'a dit de mettre ça la nuit… pour me protéger des ondes négatives…, fis-je pour bien me griller dès le début.

– D'accord, je traduis.

(Un temps.)

– Qu'est-ce qu'elle a dit ? Pourquoi elle rigole ?

– Mme l'inspectrice a l'impression de vous avoir déjà vu quelque part. Elle demande si vous êtes déjà venu à Chengdu.

– La dernière fois, j'étais âgé de quelques jours. J'ai un petit peu grandi depuis.

(Un temps.)

– Mme l'inspectrice aime beaucoup votre humour. Elle espère que vous aurez toujours envie de rire après ses questions.

– Qu'est-ce que ça veut dire ? Je ne…

– Mme l'inspectrice voudrait savoir si vous connaissez Baby Sugar ?

– Oui… Je l'ai croisée au Pink Pussycat il y a deux jours… C'est une très belle femme…

Shao Lin fit une drôle de grimace pendant que Gong traduisait, et c'est avec une mine tracassée que ce dernier reprit la parole.

– Avez-vous eu des relations intimes avec Baby Sugar ?

– Eh bien… J'ai passé la nuit avec elle… Mais je ne me souviens pas de tout… Il y a un problème ?

– Vous parlez comme si vous ne saviez pas qui est Baby Sugar.

– Effectivement… Je ne sais rien d'elle…

Shao Lin et Gong reprirent leur discussion en me jetant des coups d'œil en coin. Je me sentais très mal à l'aise. Pourquoi ces questions sur l'identité de Baby Sugar ? Ils me regardaient bizarrement… comme si j'étais anormal… Les idées se mirent à tourner dans ma tête. Une en particulier, absurde en apparence et pourtant… Mimi s'était moquée de mon manque de précaution, mais… si elle avait raison ? Si Baby Sugar… était ma… non, ce serait abominable…

Poussée de stress fulgurante.

– Gong ! Expliquez-moi ce qui se passe ?

– Saviez-vous qui était réellement Baby Sugar quand vous êtes monté dans la chambre ?

– Non… Ne me dites pas qu'elle est…

– Quoi donc ?

– Que Baby Sugar… est ma mère ?

(Un temps.)

– Mme l'inspectrice demande si vous vous sentez bien.

– Pourquoi ?

– Vous n'avez vraiment rien vu ce soir-là ?

– C'est le Litchi Kaput… J'ai eu une absence… Alors ? C'est ma mère ?

– Mais enfin, M. Legoupil, vous vous moquez de nous ? Baby Sugar est un travesti ! Baby Sugar, c'est un homme !

Fiche d'identité n° 123456,
rédigée par l'inspectrice Shao Lin

Nom : Chang Fong, dit Baby Sugar (surnom ridicule qui en dit long sur l'état de décrépitude mentale de l'individu)

Nocivité : Extrême (participation active à la décadence morale de notre glorieuse République populaire)

Chronologie :

– 1965, naissance à Chengdu de parents intellectuels (décapités pendant la Révolution culturelle, ils n'ont heureusement pas eu le temps de faire d'autres enfants)

– 1965-1985, bien intégré dans les jeunesses communistes, sort major de l'académie militaire, obtient un diplôme d'ingénieur le destinant à un poste haut placé au ministère de l'Industrie (parcours d'un esprit malsain distillant sournoisement son venin dans les plus hautes sphères de notre glorieuse République populaire)

– 1985, révèle son vrai visage en choisissant une existence d'inverti à Paris après une soirée dans un cabaret de transformistes à Montmartre. Cf. les propos de Chang Fong rapportés par un témoin de la scène : « Un artiste chantait *Bambino* grimé en Dalida. Soudain tout s'est éclairé en moi. J'ai compris que je n'étais pas ce qu'on voulait que je sois. Je n'étais ni ingénieur, ni communiste, ni même Chang Fong. J'ai senti un énorme poids se dissoudre dans sa poitrine. Et ma vraie vie a commencé. »

– 2003, rentre en Chine à la faveur de la lamentable libéralisation des mœurs de notre glorieuse République populaire (mais ne perd rien pour attendre).

Commentaire : À surveiller de près.

Mercredi, journal de Toussaint Legoupil

J'étais en train d'asphyxier sur la moquette de la chambre, sous les regards consternés de Gong et Shao Lin.

– Vous avez de l'asthme ? demanda Gong.

– C'est la première fois, sifflai-je. C'est l'émotion.

– Vous ne vous étiez pas rendu compte que Baby Sugar était un homme ?

– Non… Je vous ai dit que j'avais trop bu. Et au réveil, je n'ai pas eu le temps de voir… Je sais que ça peut paraître bizarre…

– « Bizarre » ? Oui, c'est le mot qu'a employé Mme l'inspectrice. Elle demande si vous avez souvent des absences comme ça ?

– …

– À quelle heure avez-vous quitté Baby Sugar ?

– Je ne sais plus…

– Encore une absence ? Comment auriez-vous réagi si vous vous étiez rendu compte que Baby Sugar était un homme ?

– …

– Vous auriez pu être violent ?

– Vous pourriez m'expliquer ce qui se passe ?

– On y vient… Vous vous êtes quittés en bons termes avec Baby Sugar ?

– Oui.

– Alors on va en rester là. Nous vous souhaitons une bonne journée, M. Legoupil. Profitez bien de Chengdu.

– Mais…

(Un temps.)

– Ah oui, Mme l'inspectrice a oublié une petite chose. M. Legoupil, avez-vous violé Baby Sugar ?

Pendant ce temps, à Croquefigue-en-Provence…

« C'est booon les gauuufres ! »

Mercredi, journal de Toussaint Legoupil

– Pardon ? C'est une blague ?

– Désolé, nous n'avons pas autant d'humour que les Français. Baby Sugar a été agressé. Après lui avoir bandé les yeux, un homme l'a ligoté, badigeonné de tofu et lui a infligé trois fois de suite le crabe de Taïwan. Mme l'inspectrice demande si vous êtes cet homme.

Un ange passe… Qu'est-ce que vous voulez répondre à une question pareille, mis à part :

– Non.

Ce qui m'a surpris, c'est la traduction de Gong, interminable. Du monosyllabe à la tirade, j'ai beau ne rien comprendre au chinois, ça interroge… D'autant que l'inspectrice fut prise d'un fou rire irrépressible.

– Euh… Gong… Qu'est-ce que vous lui avez dit ?

– Que vous n'aviez pas violé Baby Sugar.

– J'ai cru que ça n'en finirait jamais !

– J'ai un peu brodé... Mme l'inspectrice aime bien les détails croustillants. Comme elle a très mauvais caractère, je fais ça pour la détendre. C'est bon pour vous.

– Vous êtes sûr ? Pourquoi elle fait un drôle de rictus en se frottant les mains ?

– Ne vous faites pas de souci, ce sont des méthodes chinoises... Attendez, Mme l'inspectrice ajoute quelque chose... Aïe... Elle aimerait que vous passiez la voir demain dans les locaux de la police pour éclaircir certains éléments de votre histoire.

– Quels éléments ? Qu'avez-vous inventé ? J'ai juste répondu « non » ! Dites-le à l'inspectrice !

– Je ne peux pas. Si elle apprend que j'ai brodé, elle ne voudra plus travailler avec moi !

– Vous êtes gonflé ! Je ne vous ai rien demandé !

– Calmez-vous, je vais tout arranger... J'assisterai à l'entretien, mes services sont payés par l'État.

– Mais je ne vous parle pas d'argent !

– Ne vous en faites pas, je vous assure que vous n'aurez rien à débourser.

– Puisque je vous dis que... Gong, ôtez-moi d'un doute, vous comprenez bien tout ce que je raconte ?

– Oui... Enfin, presque... Vous avez un drôle d'accent...

– Je viens de Marseille.

– Ça a un rapport avec le football ?

– Oh purée, on est dans la cagade...

– Je traduis ?

J'ai rendez-vous demain matin au commissariat. Baby Sugar a été violé ! C'est une histoire de fous ! En plus, ce n'était pas une femme ? Bon sang, j'ai couché avec lui ou pas ? Maudit Litchi Kaput… Moi qui suis venu en Chine pour trouver qui je suis, j'ai peut-être découvert ma véritable identité sexuelle cette nuit-là. Et je ne m'en souviens même pas…

Voilà une ironie du sort qui ravirait le docteur Grounovski.

Journal de Toussaint Legoupil – Séance psy

– Vous n'avez jamais eu envie de retourner en Chine ?

– Si, très souvent, mais je n'ai pas osé franchir le pas. Quand j'en ai parlé à ma mère, j'ai vu que ça lui faisait de la peine.

– Elle vous l'a dit ?

– Elle a pleuré tout l'après-midi en tressant une corde de pendu.

– Je vois…

– Et le lendemain, elle a passé une IRM parce qu'elle croyait avoir attrapé une tumeur au cerveau dans la nuit.

– D'accord…

– Pour résumer, je cumule le complexe de l'enfant adopté qui se sent redevable envers ses parents et le syndrome de l'enfant unique qui se croit responsable d'eux. C'est un peu lourd. J'aurais bien aimé avoir un frère ou une sœur… Mais tout reste possible. Qui sait ce que je vais trouver en Chine ?

Mercredi, journal de Toussaint Legoupil

Des ennuis. Voilà ce qui m'attend. Comme si je n'en avais pas assez… J'ai dit à Mimi que Baby Sugar était un homme. Je savais pourtant que c'était une mauvaise idée de lui en parler, alors pourquoi ? Je crois que je vais pouvoir rajouter le masochisme à la longue liste de mes tares…

J'avais besoin de parler à quelqu'un. Je m'attendais à ce que Mimi se moque de moi, ou alors qu'elle se mette en colère, mais ce qui s'est passé est bien pire… Elle a compati ! Elle m'a dit qu'elle était vraiment désolée pour moi ! Ce n'est pas normal. Elle doit préparer quelque chose de terrible…

Que dois-je faire ? J'ai de plus en plus l'impression que le monde est divisé en deux : d'un côté, ceux pour qui tout est facile, type Victor Djemba ; de l'autre, ceux pour qui la vie est une épreuve, type moi. Finalement, le problème que je cherche à résoudre n'est peut-être pas « Qui suis-je ? », mais « Pourquoi suis-je moi » ?

Heureusement que j'ai des amis pour me changer les idées : un garçon d'étage vient de m'apporter la suite des aventures de Mister Yellow. Sacré Victor ! Si je ne connaissais pas son imagination débordante, un tel message serait presque inquiétant…

M. Legoupil,

Vous n'avez pas répondu à mon message d'hier. Est-il nécessaire de vous rappeler les règles de notre organisation ? Je vous laisse trois jours pour livrer la marchandise. Ne me décevez pas.

Mister Yellow.

Mercredi, message de Mimi Labrousse à Jean-Marius Djemba

Maître JM,

Vous allez être fier de moi ! Je commence à assurer comme sorcière. Hier, je jette un mauvais sort à Baby Sugar l'entraîneuse, et ce matin, j'apprends qu'elle s'est transformée en homme ! Impressionnant, non ? Par contre, ç'a été un choc pour ce pauvre Toussaint… Je m'en veux un peu tout de même… Il prétend qu'il ne se souvient pas de sa nuit, mais ça sent le refoulement freudien à plein nez !

En ce qui concerne sa mère, M. Tao a dit que l'affaire était entre de bonnes mains et qu'il espérait avoir des informations sur sœur Marie-des-Anges d'ici quelques jours. Pour patienter, il nous a proposé de découvrir le « joyau du Sichuan », l'« animal sacré » des Chinois : nous partons visiter le centre de recherches sur les pandas de Chengdu.

Une dernière chose : je viens d'apprendre qu'en Chine, la chauve-souris est le symbole de la longévité et de la gaieté ! C'est beau, non ? Pour Ratounette, c'est déjà le Grand Renversement !

Mercredi, quatorze heures

Le centre de recherches ressemblait à une maison de correction pour pandas délinquants juvéniles. Des cubes de béton poussaient à perte de vue sur un immense parc entouré d'un grillage au voltage audacieux. L'entrée était agrémentée de deux gardiens au poil ras appartenant à une catégorie d'ursidé non répertoriée. Ils inspectèrent le taxi, lâchèrent quelques borborygmes dans des talkies-walkies, puis ouvrirent toutes grandes les portes du pensionnat.

Le véhicule roula encore quelques centaines de mètres jusqu'au perron du bâtiment central où attendaient deux personnes. Un homme avec des bottes crottées et des gants en latex, que M. Tao désigna comme le professeur Pei, et une jeune femme en blouse blanche et longs cheveux noirs, que Toussaint trouva très belle et Mimi très vulgaire.

– Soyez les bienvenus ! lança le professeur Pei en essuyant ses gants sur son tablier. Veuillez excuser ma tenue, je viens d'inséminer une de mes femelles. Désolé aussi pour l'accueil, mais nous avons dû renforcer les mesures de sécurité en raison de plusieurs vols de bébés pandas dans la région ces derniers mois.

– On aura tout entendu. Qui peut bien vouloir de ces grosses peluches feignantes ? chuchota Toussaint à l'oreille de Mimi.

– Ne te moque pas des petits animaux sans défense. Moi, si on me volait Ratounette, ça serait terrible…

– Ah oui ? fit Toussaint, intéressé.

– Méfie-toi, si tu lui touches un seul poil, je dis à tout Croquefigue que tu couches avec des tra…

– C'est curieux, lança soudain le professeur Pei à Toussaint. Votre visage me rappelle quelqu'un…

Vous a-t-on déjà dit que vous ressembliez à Huggy les bons tuyaux ?

– Qui ?

– L'indic noir de *Starsky et Hutch* ! Vous n'avez jamais vu la série télé ?

– Si… Mais…

– La ressemblance est frappante. C'est un cousin à vous ?

– Je ne pense pas… Enfin, dans mon cas tout est possible, mais…

– J'ai beaucoup d'admiration pour Huggy, continua le professeur avec beaucoup de sérieux. Il vole la vedette aux deux policiers. À ce propos, vous êtes de ceux qui pensent que Starsky et Hutch sont gay ?

Toussaint resta les bras ballants, interrogeant d'un regard inquiet Tao et Mimi. C'est la jeune femme en blouse blanche qui lui porta secours.

– Le professeur Pei est un passionné. Il est incollable sur les séries américaines.

– Je vois…

– Mlle Ming travaille pour l'office vétérinaire de Chengdu, reprit le professeur. Elle est venue faire un contrôle surprise chez nous aujourd'hui. Un petit différend nous a opposés ce matin à propos des *Feux de l'amour*, une série dont la valeur ethnologique n'est plus à démontrer, mais que Mlle Ming estime inférieure à *Santa Barbara*.

– Bien sûr…, acquiesça Toussaint qui cherchait désespérément quoi répondre. Ma mère, elle, préfère *Amour, gloire et beauté*. Elle trouve le brushing du héros épatant.

Le professeur Pei fronça les sourcils. Mlle Ming regarda ailleurs. Toussaint décida de s'enfoncer un peu plus.

– Il… Il faut savoir que ma mère aurait adoré être coiffeuse.

Le professeur annonça sur le ton du freezer en position 10 qu'on allait commencer la visite. Mlle Ming s'excusa, on l'attendait à la nursery. Toussaint demanda timidement s'il pouvait d'abord se rendre aux toilettes. Le professeur les lui indiqua d'un geste agacé.

À droite au fond du couloir, puis la deuxième porte à gauche.

Pendant ce temps, à Croquefigue-en-Provence…

– Grand Maître Jean-Marius !

– Oui, fidèle compagnon du MINOU ?

– Je voulais vous dire que les sirènes du phare d'Alexandrie chantent encore la même mélodie.

– C'est très bien… Saint Cloclo est fier de toi. Mais tu devrais peut-être prendre un peu de repos, non ?

– J'ai plus d'appétit qu'un barracuda !

– Je vois…

– Je boirais tout le Nil si tu n'me retiens pas !

– D'accord… Voilà ce qu'on va faire : tu vas prononcer un vœu de silence pour quelques mois. Ça nous fera des vacances.

Mercredi, journal de Toussaint Legoupil

On m'a toujours dit que j'étais pas doué. Mais au point de ne pas pouvoir aller pisser sans risquer ma vie, je ne pensais pas…

Reprenons, histoire d'exorciser.

Je pousse la porte, la pièce est plongée dans le noir. À l'odeur, je suis sûr d'être aux toilettes. J'entre, je cherche l'interrupteur, la porte se referme en claquant. Je tente de la rouvrir, mais la poignée a disparu. Je ne trouve toujours pas la lumière. Je tâtonne. Plusieurs objets non identifiés, dont un visqueux et un gluant, passent entre mes mains, mais rien d'utile pour ouvrir une porte. Il ne me reste plus qu'à appeler au secours. D'abord discrètement, pour finir en glapissant comme une hyène, parce que, quand même, la dignité a des limites. Pas de réponse. Je décide de rester zen, ils vont bien finir par s'apercevoir de mon absence. Les minutes s'écoulent. Tout à coup, j'entends un souffle. Comme si quelqu'un respirait à quelques mètres de moi.

Les toilettes, deuxième ou troisième porte à gauche ?

Un grognement retentit. Je me plaque au mur, mon dos écrase l'interrupteur, et la lumière jaillit. Alors, je comprends l'odeur !

Couchée en boule dans un coin, au milieu de morceaux de bambous déchiquetés, il y a une bête avec moi. Une grosse, blanche et noire, avec des poils partout. Un panda.

Je consulte rapidement ma mémoire. Cours de sciences naturelles, classe de cinquième G, collège Marcel-Pagnol : le panda est-il de bonne humeur au réveil ? Réponse ? Comment ça, c'était pas au programme ? Je prends note de l'inanité de l'enseignement secondaire pour la gestion des moments de stress et je me tourne vers la méthode Coué en dégainant mon nécessaire à syllogismes :

Prémisse majeure : le panda ne mange que des bambous.

Prémisse mineure : Toussaint n'est pas un bambou.

Conclusion : le panda ne mangera pas Toussaint.

La solidité rhétorique de ce raisonnement apaise un instant mon esprit. Mais ma part retorse, à qui on ne demandait pas son avis, ne tarde pas à rappliquer : « Et si gentil panda avait l'intuition que la nature l'avait pourvu de généreuses ratiches pour autre chose que tailler du copeau à longueur de journée ? Et s'il nous faisait son coming-out carnivore ? » Que dire, sinon qu'à ce stade de la discussion, après avoir noirci ma case angoisse et fait exploser mon taux d'adrénaline, ma part retorse me laisse tout seul avec la bête… juste au moment où elle ouvre les yeux.

De retour du pays des Bisounours, le panda entreprend de se redresser. Il fait rouler à grand-peine sa masse singulière, pour finir assis juste en face de moi. Silence gêné. La scène me rappelle le jour où je me suis retrouvé à côté d'une superbe jeune femme dans la salle d'attente d'un proctologue. J'aurais bien voulu lui parler, mais il m'avait paru délicat d'entamer une discussion sur ce qui constituait notre point commun évident : les hémorroïdes.

Sans doute pour tromper son malaise, le panda empoigne un morceau de bambou qu'il se met à mâchouiller sans me quitter des yeux. Je suis prêt à tenter un « Vous habitez chez vos parents ? » pour détendre l'atmosphère, mais j'ai peur que ce soit mal interprété. Le temps passe. Je transpire autant qu'à ma première boum. Finalement, c'est l'animal qui ose le premier pas : il se met sur ses pattes, puis avance lourdement dans ma direction. Alors, rendu ivre par les émanations fécales, je m'écrie : « Comme vous avez de grandes dents ! » Mon compagnon ne laisse rien paraître, mais je le sens flatté : il fait une gracieuse volte-face avant d'adopter la position assise, bien calé contre le mur, tout contre moi. Au chaud.

C'est quand il pose une patte sur ma cuisse que je commence à douter de l'honnêteté de ses intentions. Comment grogne-t-on « Je ne suis pas un garçon facile » en panda ? En plus, avec ses cernes noirs et des copeaux plein les dents, il n'est pas du tout mon genre. J'essaye de me dégager avec tact pour ne pas vexer mon soupirant, mais sa patte se fait insistante. Plus inquiétant encore, il se met à ronronner de plaisir pour accompagner en rythme le pétrissage de ma cuisse, ses coussinets cagneux me rappelant avec horreur le gant de crin qu'utilisait ma mère pour me décrasser jusqu'à l'os. Je tente de le déstabiliser en lâchant « j'ai un très bon ami taxidermiste », mais rien n'y fait.

La situation devenait intenable. La suite, on me l'a racontée.

Tout le monde m'attendait à la nursery. Mlle Ming a fini par s'inquiéter. Elle est entrée dans la pièce au moment critique où Sue Ellen (baptisée ainsi en hommage à l'inoubliable alcoolo de *Dallas*) me rejouait la scène de l'étreinte fatale avec J.R. Il fallut appeler du renfort pour maîtriser cette étonnante poussée d'œstrogènes. Je ne repris mes esprits qu'un quart d'heure après l'évacuation de l'énamourée vers une cage aux barreaux renforcés, pour m'entendre dire par le professeur Pei sur un ton de reproche : « Que lui avez-vous donc fait ? Elle est si douce d'habitude. »

J'aurais bien répondu « Je plais, que voulez-vous que j'y fasse ? », mais c'est dur de parler en mâchant une boule de poils.

Mercredi, quatorze heures trente

Évacué à l'infirmerie, Toussaint se lança dans un exercice respiratoire que lui avait appris son prof de kung-fu wushu. Au moment où Mlle Ming entra, il était en pleine hyperventilation.

– Ça va ? Vous vous préparez à accoucher ou quoi ?

– Vous êtes une femme, dit Toussaint en état de choc.

– Bonne nouvelle, vos yeux sont intacts.

– Je veux dire : vous n'êtes pas un travesti.

– Houlà… Sue Ellen a fait des dégâts. Il va falloir vous reposer.

– Je m'exprime mal, je disais juste que vous êtes bien ce que vous semblez être.

– Je vois… Dites donc, sans vouloir vous vexer, il va falloir réviser vos techniques de drague ! Quoique ça a l'air de bien marcher sur les pandas…

– Je suis sonné, je ne vous drague pas !

– Je ne vous plais pas ? fit Mlle Ming avec un petit sourire en coin. Je ne suis pas assez poilue pour vous, c'est ça ?

– Vous êtes charmante, mais…

– La jeune sorcière, c'est votre petite amie ?

– Non, ça n'a rien à voir avec elle, mais j'ai déjà eu assez peur en croyant que j'avais couché avec ma mère.

– Pardon ? Vous devez être resté trop longtemps en apnée. Vous êtes sûr que Sue Ellen s'est contentée de vous lécher le visage ?

– Attendez, je vais tout reprendre depuis le début. Je suis français mais j'ai été adopté tout bébé en Chine. Je suis ici pour essayer de retrouver la trace de…

– Votre doudou panda !

– Vous êtes épuisante…

– Pardon, mais dans mon travail je ne côtoie que des animaux… Ou quelques vieux scientifiques, mais ça revient au même… Ça me manque de discuter… Il n'y a pas que ça qui me manque d'ailleurs… On vous a dit que vous étiez plutôt mignon ?

– Je préférerais que nous…

– C'est bon, je vous laisse tranquille. Vous m'aviez averti : vous préférez coucher avec votre mère. Il faut que je me fasse une raison.

Toussaint ne répondit pas. Pourquoi ne tombait-il que sur des femmes ingérables ? Un problème de phéromones ?

– Comprenez-moi, ma mère a peut-être eu d'autres enfants. La probabilité est infime, mais vous pourriez être ma sœur…

Mlle Ming marqua un temps d'arrêt et fit une moue boudeuse.

– Votre sœur ? Vous savez, c'est pas la peine d'aller chercher si loin. Dites-moi simplement que je ne suis pas votre genre, je comprendrai.

À cet instant, Mimi entra dans la pièce. À peine avait-elle vu Mlle Ming penchée sur Toussaint que le glas avait retenti dans son esprit mauvais. Elle saisit d'un coup d'œil ce qui se tramait et la joua finaude en poussant gentiment Mlle Ming vers la porte tout en chuchotant de façon complice :

– Il faut excuser Toussaint... Il a encore du mal à l'assumer, mais vous avez deviné : il est homosexuel.

Mlle Ming s'éclipsa. Toussaint se mordit les lèvres pour étouffer un cri. Mimi se posta devant lui avec un sourire ingénu en disant :

– Alors, on dit merci qui ?

Mercredi, journal de Toussaint Legoupil

Ce voyage, je ne le voyais pas comme ça.

Moi qui voulais de la nouveauté, je suis servi ! Trois jours en Chine ont suffi à rattraper le temps perdu. Pour une fois que je fais le touriste, j'ai choisi le forfait « Dépaysement total et pire si affinités ». Y aurait de quoi remplir une brochure alléchante : « Après un cocktail Litchi Kaput de bienvenue, vous passerez une nuit torride avec un travesti. Vous serez ensuite soupçonné d'être son agresseur, et obligé de remettre votre destin entre les mains d'un traducteur incompétent. Sont aussi compris dans le forfait : une tentative de viol par un panda et une humiliation devant la plus belle fille de Chengdu... Nous espérons que votre séjour vous donnera entière satisfaction. » On voit bien que ce n'est pas le Club Med ! Vive les voyages culturels !

Mais j'oublie la cerise sur le gâteau, tout à l'heure, à mon retour dans ma chambre d'hôtel…

Je suis rentré épuisé par la visite du centre de recherches. Le professeur, persuadé de m'avoir déjà vu, ne m'a pas lâché d'une semelle. Je suis maintenant incollable sur la fécondation *in vitro* des pandas, les avantages nutritifs du lait de soja pour les bébés orphelins, et les différentes façons de pratiquer le bouche-à-bouche sur un panda cardiaque… Et comment oublier l'émouvante rencontre dans l'enclos des pandas avec Charles, Caroline, Mary et Laura, surnommés « la famille Ingalls », et dont l'activité principale consiste à rester vautrés au milieu de leur petite maison dans la prairie de bambous ?

Quel après-midi… Il m'a fallu une bonne demi-heure de douche brûlante pour commencer à me remettre. Puis j'ai éteint la lumière, je me suis glissé sous les draps… et j'ai senti quelque chose qui me chatouillait le pied gauche. Là, tout est allé très vite car je commence à avoir de vrais réflexes d'aventurier : éjection du lit en roulé-boulé latéral, progression rampante vers le minibar et rétablissement-camouflage à l'ombre de la télévision. Une fois la lumière allumée, état des lieux.

Au fond de mon lit, il y avait un bébé panda… en peluche…

Avec un Post-it collé sur la truffe, sur lequel on pouvait lire :

Ne m'oubliez pas, M. Legoupil.
Mister Yellow.

Je ne savais plus quoi penser. C'était la troisième fois que ce mystérieux Mr Yellow se manifestait. Mais là, quelqu'un avait pénétré dans ma chambre pour déposer le message… Sachant que Victor était à Pékin, ça ressemblait de moins en moins à une plaisanterie… Comme tout s'emmêlait dans ma tête, j'ai appelé Victor. Par chance, il n'avait pas branché sa messagerie.

– Toussaint ? Quelle heure il est ? C'est une blague ?

– Justement, je voulais savoir si tu m'en avais fait une.

– De quoi tu parles ?

– De la peluche dans mon lit !

– Toussaint… Tu as bu, c'est ça ?

– Les messages de Mr Yellow ! C'est bien toi qui les as écrits, n'est-ce pas ?

– Ah d'accord… Tu as pris de la drogue…

– Mais non ! Dis-moi que c'est un canular, comme tu faisais à Croquefigue !

– C'était il y a dix ans ! J'ai grandi depuis, et je te conseille d'en faire autant ! Écoute Toussaint, j'ai une longue journée demain. En plus de mon travail, je me décarcasse pour avoir des renseignements sur ta mère. Alors un peu de respect pour mon sommeil, merci !

Depuis que j'ai raccroché, j'ai comme une angoisse. Car si Victor n'est pas l'auteur des messages, qui est Mr Yellow ? Pourquoi m'écrit-il ?

Et surtout, comment connaît-il mon nom ?

Chapitre 5

Où il sera question de dénouements brutaux,
de homard complexé, et quand même,
il serait temps, de la maman de Toussaint.

Jeudi, dix heures

Toussaint arriva très perturbé au poste de police pour son entretien avec l'inspectrice Shao Lin. Il n'avait pratiquement pas fermé l'œil à cause du panda en peluche de Mr Yellow. Il avait un peu honte de se l'avouer, mais ce qu'il commençait à ressentir au fond de lui… c'était de la peur. Plus que deux jours avant l'arrivée de Victor… Toussaint pensa qu'il serait plus rassuré une fois son ami à ses côtés.

Gong faisait le pied de grue sur les marches du commissariat. En voyant la mine chiffonnée de Toussaint, il lui fit un clin d'œil et lança :

– Alors M. Legoupil, vous avez à nouveau profité des charmes du Pink Pussycat ?

– Non, répondit Toussaint en serrant les dents. Il ne faut pas abuser des bonnes choses : je ne viole qu'une personne par semaine.

– Très drôle ! Par contre, évitez les plaisanteries avec l'inspectrice Shao Lin. Elle n'a aucun humour, et en plus elle n'est pas du matin.

– Ça ne tient qu'à vous puisque vous traduisez ce que vous voulez ! À propos, vous lui avez expliqué pour l'autre fois, ce que vous avez « brodé » ?

– Pas encore… Mais je m'occupe de tout, ne vous inquiétez pas… Chut, elle arrive !

– Mais Gong…

(Un temps.)

– Mme l'inspectrice vous souhaite le bonjour. Elle espère que vous avez du nouveau concernant Baby Sugar, des choses qui vous seraient revenues…

– Non, je ne vois pas…

– Mme l'inspectrice pense que Baby Sugar a été agressée par un client qui a découvert trop tard que c'était un homme. Certainement un homosexuel refoulé confronté au tabou de son identité sexuelle. Vous en pensez quoi ?

– Je ne sais pas, c'est une théorie…

(Un temps.)

– Autre chose. Mme l'inspectrice voudrait savoir si vous aimez les pandas.

– Quel rapport avec Baby Sugar ?

– Aucun. C'est un animal sacré ici. On l'appelle « Trésor national ».

– C'est bien…

– Ceux qui leur font du mal sont sévèrement punis. Mme l'inspectrice demande si vous comprenez ce qu'elle veut dire.

– Très bien, oui… Mais je ne veux aucun mal à ces animaux… L'inspectrice fait allusion à ma visite au centre de recherches ?

– Donc, vous reconnaissez vous être rendu au centre hier ?

– Bien sûr, mais je n'ai rien à me reprocher ! C'est moi qui ai été agressé !

– Par qui ?

– Par la grosse Sue Ellen !

(Un temps.)

– Alors qu'est-ce qu'elle dit ?

– Mme l'inspectrice ne vous suit pas clairement. Elle demande si vous faites exprès d'être obscur parce que vous avez quelque chose à cacher ou si tout simplement je suis nul comme traducteur.

– Vous comptez lui répondre quoi ?

– C'est que… je ne veux pas perdre ma place…

– Dites-lui que je suis prêt à coopérer !

(Un temps.)

– Mme l'inspectrice voudrait savoir si vous croyez aux coïncidences.

– Qu'est-ce qu'elle va encore chercher…

– Vous allez voir Baby Sugar, et il est agressé quelques heures plus tard. Puis vous allez au centre de recherches…

– Sue Ellen n'a pas déposé plainte pour viol au moins ?

(Un temps.)

– Mme l'inspectrice se demande si vous fumez de l'opium… Non, il s'agit de deux bébés pandas qui ont été volés cette nuit.

– Les bébés Ingalls ?

– Vous avez l'air très au courant… Mme l'inspectrice voudrait savoir où vous comptez vous rendre aujourd'hui afin de prendre des mesures préventives. Parce que soit c'est une coïncidence, et vous portez la poisse. Soit ce n'est pas une coïncidence et…

– Et ?

– Et pour l'instant, on vous demande de ne pas quitter Chengdu.

– On peut aussi me pendre tout de suite, ce serait réglé !

– Vous ne devriez pas donner des idées à la police chinoise… Ne vous plaignez pas, si vous n'étiez pas un étranger, il y a longtemps que vous seriez au fond d'une cellule.

– Merci, vous me remontez le moral.

– Une dernière chose : Mme l'inspectrice demande si vous connaissez Mr Yellow.

– Euh… Qui ça ? Non… Pourquoi ?

– Simplement pour vérifier s'il n'y avait pas d'autres coïncidences… Mr Yellow dirige la mafia locale, la triade du Bambou uni. Et vous allez rire, mais une de ses spécialités, c'est justement le trafic de bébés pandas.

Pendant ce temps, au centre de recherches sur les pandas…

– Professeur, venez voir, il y a un problème.

– Qu'est-ce qui ne va pas, Mlle Ming ?

– C'est Sue Ellen.

– Et alors ?

– Elle fait la grève de la faim. Elle ne veut plus toucher aux bambous.

– Depuis quand ?

– Depuis la visite du Français. Elle a perdu la tête.

– C'est le charme latin, Mlle Ming. On ne peut pas lutter…

Jeudi, midi

Mimi trouva un Toussaint abattu dans la salle de restaurant. La vision de Ratounette grignotant un nem sur l'épaule de sa maîtresse finit de le déprimer.

– Eh bien, Toutou ? Qu'est-ce qui t'arrive encore ?

– Des bébés pandas ont été volés chez le professeur Pei.

– Et alors ?

– Après l'agression de Baby Sugar, l'inspectrice trouve que ça fait beaucoup de coïncidences sur mon passage. J'aurais dû passer la nuit avec Mlle Ming, au moins j'aurais eu un alibi…

– Elle n'était pas pour toi, cette fille. D'ailleurs, si ça se trouve, c'est elle la voleuse… J'ai vu tout de suite qu'elle n'était pas nette… Elle a dû manigancer pour qu'on te suspecte !

– Il y a plus grave. J'ai reçu des messages menaçants d'un boss de la mafia locale. Mr Yellow. Il me parle comme s'il me connaissait. Il m'a même fixé un ultimatum !

– Qu'est-ce qu'il te demande ?

– J'en sais rien justement ! C'est une histoire de fous ! On dirait que quelqu'un me suit à la trace et cherche à me mettre dans la panade !

– Peut-être qu'un sorcier t'a lancé un mauvais sort ?

– Bien sûr… Ça va bien m'aider ça, fit Toussaint encore plus affligé.

– Tu veux que j'aille voir les flics pour leur expliquer ?

– Surtout pas ! Je préfère t'avoir près de moi…

Tu sais, je suis surtout fébrile à cause de l'attente… J'espère que Victor ou Tao trouveront quelque chose sur ma mère biologique. C'est juste un petit passage à vide.

– J'ai une idée pour te distraire un peu. Je comptais faire un petit concert en ville cet après-midi pour faire découvrir le Sabbat Rock aux Chinois. Viens avec moi, je suis sûre que ça te fera du bien.

Bizarrement, Toussaint en était beaucoup moins sûr.

Et vous, cher lecteur ? Maintenant que vous connaissez le principe de ce récit interactif, souhaitez-vous que Toussaint suive Mimi pour un nouvel intermède musical ? Si c'est le cas, c'est courageux de l'avouer, nous avons tous nos faiblesses. Merci de vous rendre page 137 pour découvrir un épisode intitulé *Les Glands funestes*.

Mais peut-être gardez-vous un souvenir douloureux de la première chanson de Mimi ? Soit dit entre nous, qui pourrait vous jeter la pierre ? Il suffit que Toussaint prétexte une fuite d'eau ou n'importe quelle autre excuse en bois pour décliner l'offre de son amie. À ce moment-là, deux solutions s'offrent à vous :

Toussaint décide de passer l'après-midi dans sa chambre ? Lisez *La Sieste tragique*, page 139.

Toussaint quitte l'hôtel pour une balade en solitaire ? Ce sera le *Petit précis de psychotourisme* page 140.

Les Glands funestes

Mimi emmena Toussaint jusqu'à un square où elle avait repéré une grotte artificielle qui ferait une excellente caisse de résonance. Elle avait revêtu une de ses plus belles tenues de scène : la tunique en chat noir angora sur jupon rehaussé de clous rouillés. Toussaint s'installa sur un banc, à distance, et s'enfonça deux glands dans les oreilles.

À sa grande surprise, il vit un petit groupe se former autour de la guitariste et grandir au fil des chansons. Au bout d'une demi-heure, il dut se rendre à l'évidence : Mimi avait du succès. Lorsqu'elle aborda *Le Psychopathe à cravate* – une de ses plus belles compositions que vous trouverez dans les bonus de ce roman page 219 –, la foule était en transe. Devant la nouvelle idole des jaunes [1], Toussaint se demanda si Jean-Marius n'était pas dans le vrai… Peut-être existait-il réellement pour chaque individu un endroit où s'épanouir ? Restait à trouver le sien…

1. « Il y a une certaine grandeur à assumer les calembours foireux. » *Écrire un roman ? Fastoche !*, p. 112.

Au refrain, Toussaint connut une sensation inattendue : il se sentit chinois. Chinois et humilié. Il ne pouvait pas laisser insulter ainsi une civilisation plusieurs fois millénaire. Il fallait s'opposer au terrorisme culturel. Et dans ce domaine, Mimi était un attentat à elle toute seule. Il prit une décision courageuse : il tourna les talons, et quitta le square en courant.

Mais à cause des glands dans ses oreilles, il n'entendit pas la voiture qui arrivait à grande vitesse sur sa droite. Il était sorti sans papiers, son corps était méconnaissable, les services d'urgence crurent qu'il s'agissait d'un SDF et s'en débarrassèrent.

C'est ainsi que Toussaint Legoupil disparut en Chine et ne sut jamais qui étaient ses parents. Merci de votre attention, cher lecteur, et à bientôt.

FIN

La Sieste tragique

Toussaint remonta dans sa chambre pour se reposer. Là, il tomba sur un moustachu masqué en train de fouiller son sac. Une lutte terrible s'engagea, Toussaint se défendit avec courage, mais une « patte de couguar » digne des meilleurs maîtres de kung-fu l'envoya valser à travers une fenêtre. Patatras[1] ! Notre héros tomba du dix-huitième étage et s'écrasa dans une benne à ordures pleine à ras bord. Il fut broyé, puis évacué dans une décharge à ciel ouvert, au mépris de toutes les recommandations de l'ONU en matière de développement durable.

C'est ainsi que Toussaint Legoupil disparut en Chine et ne sut jamais qui étaient ses parents. Merci de votre attention, cher lecteur, et à bientôt.

FIN

1. « Faites un geste pour l'environnement en recyclant les onomatopées vieillottes. »

La Littérature en kit, p. 112.

Petit précis de psychotourisme

Toussaint marchait sans but dans la ville grouillante de monde. L'attente devenait insupportable. Allait-il bientôt avoir une réponse à ses questions ? La chaleur moite qui imprégnait les rues l'accablait, ainsi que les vendeurs à la sauvette, mais c'est aussi ça la magie du tourisme. En moins d'une heure, Toussaint avait acheté une paire de baguettes peintes à la main (avec son nom gravé dessus), un grain de riz (avec son nom gravé dessus), un puzzle « Révolution culturelle » (« Reconstitue la tête de Chang l'intellectuel, dispersée par les gardes rouges ») et une boule à neige Tour Eiffel (sans commentaire).

Les bras pleins et le portefeuille vide, il décida de rentrer à l'hôtel en rasant les murs. Mais un noir d'un mètre quatre-vingts, ça ne passe pas inaperçu dans les rues de Chengdu. La malédiction du colifichet frappa à nouveau et il se fit alpaguer par un gars du genre accrocheur qui portait des lunettes en écaille et un sac en bandoulière. Il n'avait pas de moustaches, mais Toussaint se méfia quand même (il les avait peut-être rasées exprès, et il n'y a rien de plus dangereux qu'un moustachu caché).

– Mister, mister ! Look, look !

– Non merci, je n'ai besoin de rien.

– Français ?

– Non, je suis chinois.

– Ah, ah ! Beaucoup d'humour : un Français typique !

– Si vous le dites…

– J'aime bien les touristes français. Au premier abord, ils sont agressifs et méprisants, mais en quelques minutes on arrive à leur vendre tout ce qu'on veut.

– Vexer le client, c'est une nouvelle stratégie commerciale ?

Le visage du vendeur s'éclaira d'un large sourire.

– Le touriste français est très intéressant. On peut facilement illustrer grâce à lui le complexe du homard de Françoise Dolto.

– Vous avez de drôles de théories pour un vendeur des rues…

– Ce n'est pas mon métier. Je fais un doctorat en psychologie à l'université de Chengdu. Ce job me permet de payer mes études et en même temps d'illustrer ma thèse. Elle s'intitule *Épistémologie du touriste : représentation cognitive du souvenir de voyage comme objet transitionnel.*

– Passionnant, hasarda Toussaint dont le degré de sincérité approchait du zéro absolu.

– En gros, j'analyse le comportement des touristes. Vous avez remarqué comme les gens sont prêts à acheter n'importe quoi dès qu'ils sont à l'étranger ?

– C'est vrai… les gens sont vraiment ridicules, répondit Toussaint en tentant d'évacuer de son esprit l'image persistante d'une boule à neige Tour Eiffel.

– Je démontre dans ma thèse que le statut de touriste révèle la véritable personnalité d'un individu. À l'étranger, l'être se sent isolé, fragilisé dans ses repères, et il devient enfin lui-même. C'est-à-dire un enfant tyrannique et peureux, pour qui les souvenirs achetés dans la rue sont de rassurants doudous. Qu'est-ce que vous en pensez en tant que touriste ?

– Je ne suis pas un touriste... Je cherche ma mère.

– Confirmation par l'exemple ! Le touriste, plongé dans un univers inconnu, redevient un enfant apeuré et cherche sa maman. Vous êtes un cas intéressant, accepteriez-vous de vous soumettre à un petit test ?

– Je n'ai pas vraiment le temps...

– Réponse typique ! Vous voyez que vous avez peur, vous cherchez à vous échapper ! Dites-vous que c'est pour la science. Première question : voici des baguettes chinoises, fabriquées dans nos premières usines délocalisées dans le Pas-de-Calais. En les voyant, vous éprouvez : a) un choc esthétique ; b) une faim de loup ; c) une excitation sexuelle ?

Toussaint pensa « d) une nausée subite », mais répondit « a) » car Mado lui avait appris qu'il fallait être poli avec les handicapés mentaux.

– C'est noté. Écoutez bien la suite du test : si je vous propose un grain de riz avec votre nom gravé dessus, vous répondez quoi ?

– Euh... Je refuse, car je ne suis pas du genre à me faire avoir...

– Très éclairant ! Maintenant, imaginez que c'est un vendeur des rues qui parle : « Mister, mister, look, look, porte-bonheur pas cher. Chance et amour pour toi. Prends, mister. » Dites-moi comment vous réagissez quand il se met à agiter son gri-gri sous votre nez comme je le fais.

À cet instant, Toussaint eut l'impression qu'un éclair venait de le foudroyer. Il se figea devant l'objet que brandissait le vendeur hilare. Il n'entendait plus rien autour de lui. Un blanc se fit dans son esprit, il se mit à suffoquer. Le Chinois attendait sa réponse. Il finit par reprendre son souffle :

– Où avez-vous trouvé ça ?

– Un bon vendeur vous dirait : « Fabrication artisanale typiquement chinoise. Grande tradition familiale. Mes ancêtres le sculptent depuis des générations. » Non, en fait j'achète ça chez un grossiste.

Toussaint prit l'objet dans sa main. Sidéré.

– C'est impossible !

– Réaction très intéressante, je la note. C'est vrai que c'est une statuette originale. Vous êtes connaisseur ?

– Et comment vous appelez ça ? balbutia Toussaint devant la figurine en bois, bien qu'au fond de lui il sût déjà la réponse.

– Ah ! Très joli nom, typiquement chinois ! C'est un Bougnafrou.

Note au lecteur

L'auteur de ces lignes est conscient que le rythme de la vie moderne est peu propice à la lecture. Heures supplémentaires, enfants en bas âge, vie associative intense, soirées échangistes : comment lire aujourd'hui sinon de façon décousue ? C'est pourquoi, cher lecteur, vous pouvez légitimement avoir oublié ce qu'est le « Bougnafrou ». Dans ce cas, ne vous inquiétez pas, vous avez toujours la possibilité de vous rafraîchir la mémoire à la page 34.

De rien, c'est aussi ça mon rôle.

Jeudi, vingt heures

Toussaint retrouva Mimi pour le repas du soir et lui présenta sa découverte. En voyant le Bougnafrou, elle cria sa surprise en repeignant d'un grand geste le mur au nuoc nam.

– Fais un effort, Mimi ! Un peu de discrétion… Et puis c'est la dernière fois que je mange en tête à gueule avec ta bestiole ! Quatre jours qu'elle me massacre du canard laqué sous le pif ! Je sature ! Et vu la tête des autres clients, je ne suis pas le seul.

– OK, s'il y a complot international, je la ferai manger dans la chambre… Mais pour le Bougnafrou ? Qu'est-ce qu'il fait en Chine ?

– J'ai mon idée. Je pense que c'est mon…

– Je sais ! C'est de l'espionnage industriel ! s'écria Mimi avant d'ajouter à voix basse : les Chinois ont dû envoyer des espions à Croquefigue. Peut-être même qu'on est sous surveillance ici ?

– Mais bien sûr… D'ailleurs il est temps que je te dise la vérité : en fait, je suis un agent secret en mission spéciale.

– Je le savais ! Tu es tellement bizarre, j'ai toujours pensé que tu cachais quelque chose.

– Je rigole, Mimi…

– C'est ce que disent toujours les agents secrets. Ça confirme.

– N'importe quoi… Enfin, passons… À mon avis, il faut chercher du côté de mon père pour les Bougnafrous. Il doit faire fabriquer les statuettes à moindres frais ici, tout en faisant croire qu'elles sont taillées à la main par mon parrain. Pour le coup, ça expliquerait comment Gaston peut continuer à livrer des Bougnafrous sans neurones.

– En tout cas, c'est bon signe. Grâce au Bougnafrou, on va retrouver ta mère.

– Mimi, c'est un morceau de bois… Ça ne porte pas bonheur.

– Ma grand-mère a guéri du lupus vénéneux grâce au Bougnafrou !

– Ta grand-mère est morte !

– Oui, mais elle est morte guérie !

Toussaint savait pourtant qu'il était inutile de discuter avec Mimi. Systèmes philosophiques incompatibles. Il décida d'avaler son repas sans regarder Ratounette qui digérait sa viande, pendue à l'oreille de sa maîtresse. Il pensait à son père, le roi des manipulateurs. Que savait-il *vraiment* sur lui ? Qu'y avait-il de vrai dans ce qu'il lui racontait depuis vingt-cinq ans ?

Que croire ? Qui croire ?

Journal de Toussaint Legoupil – Séance psy

– Je n'ai jamais compris comment Mimi pouvait gober ce que raconte Jean-Marius.

– Nous touchons là le domaine de la foi.

– Mais ce sont des croyances absurdes !

– Ce n'est pas si simple… Vous jugez ses croyances « absurdes » d'après des critères subjectifs : pourquoi auriez-vous raison et pas elle ? L'Histoire est pleine d'individus qui avaient raison seuls contre tous et qu'on prenait pour des fous.

– Vous m'embrouillez…

– Je me faisais l'avocat du diable… C'est un sujet délicat, la foi… Ça donne une identité, ça apporte une certaine paix intérieure… Vous qui cherchez qui vous êtes, avez-vous la foi ?

– En Dieu ?

– Pas forcément. On peut avoir foi dans l'art, la politique, la défense des animaux, que sais-je ! Tout ce qui peut donner un sens à votre existence. Croyez-vous en quelque chose ou en quelqu'un ?

– Je ne sais pas…

– Si vous ne savez pas, c'est que vous n'avez pas la foi. Vous verrez, le jour où vous croirez en quelque chose, vous trouverez votre identité.

Jeudi, vingt et une heures

À la fin du repas, Toussaint et Mimi eurent la surprise de voir débarquer M. Tao, essoufflé, tenant à la main une enveloppe rouge. Il s'assit à la table de ses amis, avala un verre d'eau, puis se mit à parler, l'air sombre.

– Bien cher Toussaint, je dois vous entretenir de deux nouvelles d'importance.

– Une bonne et une mauvaise, fit Mimi.

– Diantre ! Excelleriez-vous dans la divination ? s'étonna Tao.

– C'est pas difficile, ça marche toujours par paire. En fait, seule la mauvaise compte, mais comme on est embêté de l'annoncer, on tente de l'adoucir avec une pseudo-bonne nouvelle.

– Mais… je…, bredouilla Tao.

– Vous voyez, vous êtes embêté ! renchérit Mimi.

– La vraie bonne nouvelle, ce serait que tu te taises ! fit Toussaint, énervé. Je vous écoute, M. Tao, commencez par la bonne.

– Quoi que puisse dire Marx et toute la philosophie, la Chine est un pays communiste, dit Tao en levant un doigt professoral.

– Pardon ? fit Toussaint

– Tu vois, c'est ce que je disais ! s'exclama Mimi, triomphante. N'importe quoi pour faire passer la pilule !

– Vous vous plaignez à tort, à tort vous me blâmez. Aurais-je l'heur, madame, qu'on me laissât achever sans raillerie ?

– Mais oui… vas-y, vertuchou…

– D'un pays communiste, il est des privilèges. Tout le monde est fiché, les recherches s'allègent.

– Il nous pond des vers maintenant, marmonna Mimi.

– Mes amis ont trouvé, fonctionnaires zélés, sur sœur Marie-des-Anges, un dossier ciselé.

– C'est extraordinaire ! s'exclama Toussaint.

– Je te rappelle qu'il y a aussi une mauvaise nouvelle, fit Mimi.

– Avec regret, Monsieur, je viens vous affliger. Madame votre mère, hélas, a trépassé.

Fiche d'identité n° 88888 – Dossier Wan Li Fu

1er février 1962, Wan Li Fu est découverte hurlante sur les marches de l'asile Sainte-Thérèse-des-Bienheureux après que sœur Marie-Marie lui a marché dessus en partant au marché. Enfance turbulente à l'orphelinat, se spécialise dans le vol de cierges. Consultation médicale lorsqu'on découvre qu'elle dérobe les cierges pour les manger. Profil psychotique diagnostiqué, on décide d'en faire une religieuse.

1er février 1978, elle devient sœur Marie-des-Anges. Pour fêter ça, les sœurs éclusent deux tonneaux de vin de messe avec un contingent de jeunes séminaristes camerounais. On relâche vœux et soutanes. Les corps exultent. C'est l'orgie.

1er novembre 1978, elle accouche d'un garçon, l'abandonne et quitte la congrégation. Elle multiplie les petits boulots, fait quelques mois de prison pour vol de cierges, puis disparaît sans laisser de traces pendant une dizaine d'années.

19 août 1988, elle réapparaît au milieu d'une basse-cour, prétendant avoir été enlevée par des extraterrestres à têtes de poulets. Quelques mois plus tard, elle se marie avec un éleveur de volailles.

20 mars 2003, elle décède lors de l'épidémie de grippe aviaire, étouffée avec son mari sous deux tonnes de volatiles déversées accidentellement dans la cour de sa ferme par le camion qui les emmenait à l'incinérateur.

Pendant ce temps,
à Croquefigue-en-Provence…

– Oh Mado, tu tires une tronchasse longue comme la Canebière !

– Je m'inquiète trop, Léon. Si Toussaint découvrait la vérité, je…

– Arrête, il n'y a aucun risque ! Tu connais ton fils, il ne trouvera rien tout seul. Il est gentil, mais à part ça, il est couillon comme un santon ! Et je… Oh, attention, tu vas tomber ! Tu nous fais le malaise ou quoi ?

– C'est mon atrophie de l'oreille interne, j'ai eu un vertige.

– Sers-nous un verre de la Cuvée Legoupil pour te remettre. Té, amène aussi un peu de pistou, c'est avec ça qu'il est le meilleur mon rosé de Provence, avec ses arômes de miel, de lavande et de truite.

Chapitre 6

Où l'on parlera, avec le sérieux qui s'impose,
de grognements énamourés,
de maniaque photogénique
et d'athlétisme en parapluie.

Vendredi, journal de Toussaint Legoupil

Ma quête s'arrête là. Ma mère biologique est morte, il semble que je l'aie ratée de quelques mois. Des mois d'hésitations à me demander si je partais ou non, à parler au docteur Grounovski au lieu d'agir. Des mois que je regretterai longtemps… Elle avait l'air bien perturbée, ma pauvre maman… Des poulets de l'espace ? Moi qui m'inquiétais de mes gènes, je suis servi ! Quant à mon père, il doit dire la messe quelque part en Afrique… Je devrais peut-être diffuser ma photo dans *Vatican Magazine*, rubrique « Objets trouvés » ?

Fils d'une nonne et d'un séminariste… Finalement, ça explique mon catalogue de tares : je suis l'enfant du péché ! Mes parents ont déclenché la colère divine et c'est moi qui dois payer ! Quand je disais au docteur Grounovski que mon histoire était un mythe…

J'ai laissé un message à Victor hier soir pour lui dire qu'il pouvait arrêter ses recherches. Les retrouvailles risquent d'être moins festives que prévu. M. Tao avait l'air sincèrement désolé, pour un peu il m'en aurait loué une, de mère… Même Mimi n'a pas trouvé la moindre pique à sortir !

En attendant, plus rien ne me retient ici, sinon la police… Je n'ai personne à interroger, pas de photo, aucune trace… Je n'ai plus rien.

Je n'aurais pas dû venir. Avant, au moins, j'avais de l'espoir…

Vendredi, message de Mimi Labrousse
à Jean-Marius Djemba

Maître JM,

Les bizarreries s'accumulent et j'aimerais avoir votre avis.

1. Toussaint est tombé sur un Bougnafrou en se baladant dans la rue. Moi, ça m'étonne.

2. M. Tao a retrouvé l'identité de la mère de Toussaint en moins de trois jours, et manque de pot, elle est morte. Moi, ça me trouble.

3. Toussaint se retrouve dans le collimateur de la police pour agression sexuelle et vol. Partout où il passe, c'est la cata. Moi, ça m'irrite.

4. Pour finir, il reçoit des messages d'un truand nommé Yellow qui le prend manifestement pour un autre. Et là, ça me tracasse.

J'ai fait la bêtise de laisser mon manuel de nécromancie à la maison, sinon j'aurais interrogé ma grand-mère qui a réponse à tout. Je vous pose la question à vous qui possédez le don de double vue : avez-vous une idée de ce qui se passe ?

Vendredi, dix heures

En attendant qu'on l'autorise à regagner la France, Toussaint décida de percer le mystère du Bougnafrou. Ça lui éviterait de tourner en rond avec ses idées noires. Le vendeur-psychologue lui avait indiqué l'adresse du fournisseur de statuettes. Il s'éclipsa pendant que Mimi faisait la toilette à Ratounette, décidé à jouer les fouineurs.

Le quartier des artisans était une véritable fourmilière. Toussaint avait du mal à progresser dans une foule compacte charriant des cartons par centaines. On vidait des camions, on chargeait des scooters, on s'interpellait de tous côtés. Des colis éventrés prenaient l'air à tous les coins de rue, des marchandises en vrac jonchaient le sol. Après une heure de prospection, le découragement envahit Toussaint. Il avait l'impression de zigzaguer entre des boutiques toutes identiques. Il était sur le point de rebrousser chemin quand il repéra un carton ouvert devant un grand hangar.

Il s'approcha. C'était ce qu'il cherchait.

Il débordait de Bougnafrous[1].

La porte du hangar était ouverte sur un atelier où s'affairaient des ouvriers. Toussaint passa la tête, curieux de savoir qui fabriquait cet objet qu'il avait associé toute sa vie à son village. Le Bougnafrou était *Made in China*… « Comme moi », s'amusa Toussaint.

1. « Le héros trouve toujours ce qu'il cherche au moment précis où il va abandonner (sinon l'histoire s'arrête et l'auteur est ridicule). »

La Littérature en kit, p. 112.

Il comptait en profiter pour donner le bonjour de Léon Legoupil, mais il ne put aller bien loin. À peine fut-il entré qu'il se heurta à quelque chose de gros, de mou et dégageant une forte odeur de poisson.

Un ventre.

Toussaint leva les yeux. Une tête énorme lui sourit, des mains énormes l'empoignèrent et un énorme pied l'envoya dans le caniveau. Dans la fabrique du Bougnafrou, ce n'était plus l'heure des visites.

– Méfie-toi, je fais du kung-fu wushu ! lança Toussaint, les quatre fers en l'air, à la porte qui venait de se refermer.

Autour de lui, un groupe de vendeurs riait aux éclats. Toussaint s'éloigna, vexé, mais bien décidé à ne pas laisser l'affront impuni. On ne voulait pas lui laisser passer la porte ? Il entrerait par la fenêtre.

Mais il trouva plus raisonnable d'attendre le milieu de la nuit.

Pendant ce temps, au centre de recherches sur les pandas…

– Groumpf, gruink, gruink, groumpf[1].

– Gruink, groumpf, groumpf, gruink[2].

Samedi, minuit trente

La rue des artisans était déserte. Toussaint avait bu un litre de Tsingtao pour se donner du courage et se dirigeait maintenant vers la fabrique du Bougnafrou.

1. Elvire, que je souffre ! Et que je suis à plaindre !
Je ne sais qu'espérer ; et je vois tout à craindre.

2. Sue Ellen, tu me saoules. Prends un bambou, ça te calmera.

Il ressentait une certaine excitation à l'idée d'entrer par effraction dans l'atelier. Il retrouvait tout en marchant les sensations de sa jeunesse quand il crochetait avec Victor les portes de Croquefigue. Seule ombre au tableau : son ami n'était pas là pour l'accompagner. Encore quelques heures de patience avant son arrivée…

Mais pour l'instant, il fallait se concentrer. La porte était fermée par une serrure assez sommaire qui céda facilement. Le bâtiment était dans un état très dégradé et Toussaint ne pouvait même pas imaginer qu'il fût sous alarme. Quant au colosse de l'après-midi, il devait bien laisser dormir sa graisse de temps en temps. Toussaint fit le tour de l'atelier, laissant ses pensées déambuler au milieu des machines et des outils. Ainsi le Bougnafrou qu'il connaissait depuis son enfance était né dans ce hangar poussiéreux et sans âme ? C'était idiot, mais il se sentait triste. Un peu comme le jour où il avait appris que le Père Noël n'existait pas… Après avoir examiné une pile de caisses prêtes à être expédiées à Croquefigue, Toussaint avisa une pièce vitrée qui surplombait l'atelier. Sans doute le bureau du patron. Il décida de continuer son inspection.

C'était un bureau assez vaste. Partout, des Bougnafrous souriaient à Toussaint, l'œil mauvais, comme s'ils allaient se jeter sur lui pour un odieux sacrifice. Comment Léon arrivait-il à faire gober que ces affreux gnomes portaient bonheur ? Dans la pénombre de la pièce, ils étaient plutôt inquiétants… Toussaint scruta les lieux avec prudence. Les murs étaient recouverts d'estampes érotiques. Il les passa en revue d'un œil expert, mais s'inquiéta très vite de la santé psychique du patron. Sur toutes les œuvres, où des femmes lascives s'offraient en de troublantes poses, une main avait ajouté au feutre des Bougnafrous aux yeux exorbités et à la langue pendante en train de se tripoter le cure-dent. Contraste saisissant.

Quelle heure pouvait-il bien être ? Un Bougnafrou-coucou apporta la réponse à Toussaint. Intrigué, il s'approcha de l'objet. Le Bougnafrou-coucou sortait de sa maison-champignon et égrenait les heures en filant des coups de marteau à une sorte de gros ver cramoisi. Le prochain « Souvenir de Croquefigue » à commercialiser ? Qu'est-ce qui pourrait arrêter Léon et Jean-Marius ?

Léon et Jean-Marius... Ils étaient là. Sur une photo, parmi une dizaine de cadres disposés sur une table. Ils brandissaient un Bougnafrou aux côtés d'ouvriers enjoués entourant un Chinois en costume cravate : le patron de la fabrique. Toussaint observa les clichés un à un et eut la sensation de remettre en place les pièces d'un puzzle avec une consternation croissante.

On y voyait le patron avec Léon et Mado, avec Jean-Marius Djemba, avec Gaston Xaoping... Et cet homme qui apparaissait sur toutes les photos, Toussaint le connaissait bien.

Ils avaient voyagé dans le même avion. Ils avaient passé ensemble une soirée au Pink Pussycat. Il avait même révélé à Toussaint l'histoire de sa mère... Et il s'était bien moqué de lui.

Le fabricant des Bougnafrous, c'était M. Tao.

Sur l'une des photos, on pouvait aussi le voir en compagnie d'un petit garçon de deux ou trois ans. Un petit garçon noir. Toussaint lui-même.

Journal de Toussaint Legoupil – Séance psy

– J'adore qu'on me photographie. C'est normal, docteur ?

– Expliquez-moi votre problème.

– Dès que je vois un appareil, je m'incruste dans le cadre et je prends la pose. Je fais ça depuis que je suis tout petit, je ne peux pas résister.

– Ça ne me paraît pas bien méchant…

– Oui, mais c'est devenu une véritable drogue… Depuis un an, dès que j'ai un jour de repos, j'écume les hauts lieux touristiques de la Provence. Les arènes d'Arles, le château des Baux et bien sûr Marseille. Mon site préféré, c'est Notre-Dame-de-la-Garde. Je me plante sur le parvis et je me fais photographier. Imaginez le nombre d'albums photos sur lesquels je figure ! Souvenir de Marseille : Toussaint Legoupil devant la Bonne Mère ! Et je ne compte pas les films vidéo dans lesquels j'apparais en guest-star. Quand on y pense, c'est vertigineux… et complètement débile !

– Il n'y a là rien de bien préoccupant. Peut-être pourrais-je suggérer une explication…

– Laquelle ?

– Comme tous les enfants adoptés, vous cherchez vos parents biologiques. Vous vous placez devant les objectifs des touristes parce que vous souhaitez être reconnu. C'est un mécanisme inconscient, mais vous agissez avec l'espoir que vos géniteurs tombent un jour sur votre visage et reviennent vers vous. Chaque photo est une bouteille à la mer que vous lancez vers l'inconnu.

– Une quoi ?

Samedi, une heure trente

Une bouteille. Un litre d'alcool de riz. C'est ce que venait d'apporter le barman. Il avait suffi à Toussaint d'un regard pour faire comprendre qu'il lui fallait quelque chose de fort après avoir fui de la fabrique de M. Tao. Il s'était rendu compte trop tard qu'il y avait une alarme dans le bureau, et même une caméra de surveillance. Ça risquait de plaire à l'inspectrice Shao Lin…

Toussaint éclusait verre sur verre, furieux de s'être laissé mener en bateau. Il n'avait pas rencontré M. Tao par hasard, tout avait été prémédité par Léon et Jean-Marius. Il avait vu les photos, les Bougnafrous, et puis le diplôme d'honneur accroché au mur du bureau…

M. Tao, Grand Ambassadeur du MINOU en Chine.

Tao faisait partie de la secte. Ça expliquait son français original. Il devait attendre le Grand Renversement pour trouver son bonheur à la cour de Louis XIV…

Toussaint se sentit trahi. Alors qu'il croyait enfin trouver la liberté, il avait suivi un parcours fléché dans une Chine en carton-pâte. Voilà pourquoi on l'avait laissé partir sans rien dire. Tout avait été prévu… Tout… Même l'histoire de sœur Marie-des-Anges ? C'était Tao qui avait apporté la fiche de police annonçant sa mort ! Comment y croire maintenant ? Et Baby Sugar ? C'était encore Tao qui l'avait jeté dans ses bras ! Toussaint pensa avec horreur que ça pouvait être une idée de son père... Il entendait Léon d'ici : « Il est temps qu'il grandisse ce petit ! On va lui payer un stage avec une professionnelle et vous verrez qu'il ne nous embêtera plus avec sa maman. » Un travesti... Quelle honte...

Mais il y avait plus grave... L'agression de Baby Sugar, le vol des bébés pandas, les messages de Mr Yellow, l'insistance de la police... Comment expliquer une telle accumulation ? Une idée horrible lui traversa l'esprit. Si tout ça n'était pas une coïncidence... Si tout ça faisait partie du plan... Que cherchait-on ? À l'envoyer en prison ? C'était inimaginable... Et pourtant, les faits étaient là.

Le secret de sa naissance devait être terrible.

On était prêt à tout pour l'empêcher de le découvrir...

Pendant ce temps,
à Croquefigue-en-Provence...

– Léon, il faut prendre une décision. Les choses sont en train de mal tourner pour Toussaint.

– Je sais, Jean-Marius. Tao vient de m'appeler. Toussaint est entré tout à l'heure dans la fabrique du Bougnafrou. Il doit avoir tout compris à l'heure qu'il est... Tout avait pourtant été réglé au millimètre... Acte I, Toussaint ne trouve rien à l'orphelinat puisqu'il n'y a jamais mis les pieds. Acte II, une fausse bonne sœur engagée par Tao lui raconte un bobard sur sa mère biologique. Acte III, Toussaint fait un peu de tourisme. Acte IV, Tao lui refile une fausse fiche de police annonçant la mort de sa maman, et zou, acte V, retour au bercail de l'enfant prodigue ! Ça glissait sur l'huile d'olive ! Qu'est-ce qui a cagué ?

– Toussaint a trouvé un Bougnafrou dans la rue, c'est comme ça qu'il a remonté la piste.

– Mais comment est-ce possible ? Les Bougnafrous ne sont pas vendus en Chine ! Encore moins dans la rue !

– C'est bien le problème : quelqu'un d'autre doit être à l'œuvre là-bas. Quelqu'un qui lui aura mis la statuette dans les pattes. Quelqu'un qui cherche à nous planter.

– Mais on a arrosé tout le monde !

– Et alors ? Depuis quand ça empêche les traîtres ?

– Oh, Bonne Mère… Je rappelle Tao tout de suite. On n'a plus le choix, il faut tout dire à Toussaint.

Samedi, deux heures trente

La bouteille d'alcool de riz (40°) permit à Toussaint de retrouver son calme. Pour suivre, quelques verres de Baijiu (65°) l'aidèrent à faire le point sur sa brillante situation. Enfin, deux ou trois cocktails Mortal Froggy (82°) l'amenèrent à prendre une grave décision : il allait boire un verre d'eau.

Toussaint prit le chemin de son hôtel dans un état d'ébriété avancée. Il marchait en canard pour résister au roulis lancinant qui s'était emparé de son corps. Sa tête, comme ramollie par l'alcool, dodelinait au rythme de ses pas. Ça tanguait sous ses pieds, son cerveau faisait des bulles. Des idées surgissaient, comme des flammes d'allumettes, puis se consumaient en d'improbables dialogues :

– Tu vas récupérer tes affaires et t'enfuir.

– D'abord, il faut sauver les bouteilles du mini-bar.
– Tu dois appeler Victor, il viendra t'aider.
– Oui, mais est-ce qu'il va apporter des glaçons ?

Arrivé à l'hôtel, Toussaint traversa le hall en dissimulant sa tête sous un parapluie pour passer inaperçu[1]. En longeant le bar où quelques clients prenaient un dernier verre, il se sentit mal. Il pensa que seule l'infusion au thym et à l'ail de Mado aurait pu l'aider à se remettre. Mais ce qu'il vit en approchant du comptoir le fit dessoûler d'un coup.

Dans un coin du salon, Mimi et M. Tao étaient affalés dans de moelleux sofas. Devant eux, quelques serpents flottaient dans une bouteille d'alcool bien entamée. Toussaint se planqua derrière une plante verte pour les observer, le parapluie en corolle. Ils avaient l'air de bien s'entendre tous les deux… Et si Mimi était de mèche avec Tao ? Et si elle n'avait accompagné Toussaint que pour contrôler ses faits et gestes ? Mais oui… C'était évident… Jean-Marius lui avait lavé la cervelle… Elle n'était pas l'amoureuse harcelante qu'elle prétendait être ; elle était une espionne…

Toussaint n'eut plus qu'une idée dans son cerveau spongieux : fuiiiiiiiir. Il rampa jusqu'à sa chambre en hoquetant des imprécations étranges contre Tao et Mimi, bourra en quelques secondes son sac du contenu du placard (y compris un tapis de bain et deux serpillières) et redescendit à la

1. Le lecteur pensera à ses propres actes lors de moments d'ivresse avant de critiquer la vraisemblance de la scène.

réception en rasant les murs tel un gecko obèse. Là, il baragouina comme il put pour régler sa chambre. Le réceptionniste l'informa qu'il avait reçu un appel téléphonique de Victor Djemba et lui remit un message de sa part. À cet instant, la voix d'une Mimi éméchée retentit dans le hall.

– Toussaint, on t'attendait ! Viens, on a des choses très importantes à te dire !

Pour toute réponse, Toussaint rouvrit son parapluie et entama un sprint jusqu'à la porte, battant le record du monde du cent mètres bourré. Mimi se lança à sa poursuite en lui criant de s'arrêter. Toussaint se retourna, hésita un instant, son amie d'enfance l'appelait…

Pouvait-il encore lui faire confiance ? C'est la question que l'auteur de ces lignes aurait aimé vous poser, cher lecteur. En effet, à ce moment du récit, nous aurions pu rencontrer une alternative : « Toussaint va-t-il s'arrêter pour écouter Mimi ? Tournez donc la page. » « Toussaint poursuivra-t-il sa course et disparaîtra-t-il dans la ville ? Rendez-vous à la page tant. »

Malheureusement, il n'y a pas de choix à faire cette fois.

Mimi n'a pas rattrapé Toussaint, lui ne s'est pas arrêté.

C'est à cet instant que son destin a été scellé.

Chapitre 7

Où l'on abordera la question des coucourdes en colère, des 2 CV en rodage et des cruciverbistes audacieux.

Samedi, quatorze heures

Toussaint trônait sur un banc, dans un square animé en bordure d'une artère suffocante de bruit. Des pigeons crasseux lui picoraient les baskets, des gamins lui avaient envoyé un ballon en pleine poire, un papi édenté le harcelait pour récupérer sa place, mais il ne se rendait compte de rien. La vie continuait dans la vibrante Chengdu alors que la sienne s'était arrêtée. La veille, dans le taxi qui l'emmenait loin de son hôtel, de Tao et de Mimi, il avait lu le message de Victor. Et il ne s'en était pas encore remis.

Toussaint,

Ton message sur mon portable m'inquiète. Tu devrais te méfier de ce M. Tao dont tu me parles. Grâce à mon amie du ministère, j'ai la preuve qu'il te ment car je peux t'assurer une chose : ta mère est bel et bien vivante ! Sa prétendue fiche de police est un faux.

Mon amie a fait une découverte surprenante : tu as un dossier à ton nom au ministère de la sécurité d'État. Pourquoi ? Je ne le sais pas encore, mais j'espère en avoir une traduction demain, juste avant de prendre mon avion pour Chengdu. Retrouve-moi vers vingt et une heures à l'hôtel Sichuan Jingjiang, chambre 231. Et d'ici là, tiens-toi sur tes gardes.

Victor affirmait que sa mère était vivante... Il confirmait que Toussaint était manipulé, et il n'avait plus le ton de la blague. Toussaint se sentit perdu, emmêlé dans les fils d'une intrigue trop complexe pour lui. Pourquoi y avait-il un dossier à son nom au ministère de la sécurité d'État ? Son histoire était donc liée à quelque chose de si grave ? Qu'est-ce qui méritait qu'on s'agite autant autour de lui ?

Et pour couronner le tout, il pensa que l'ultimatum de Mr Yellow expirait dans quelques heures...

Pendant ce temps, au centre de recherches sur les pandas...

– Ça y est, Mlle Ming ! Je sais où je l'ai vu !

– Qui ça, professeur ?

– Toussaint Legoupil, le Français ! C'est lui qui a dû enlever les bébés ! J'ai la preuve que cela fait des mois qu'il me suit et qu'il prépare son coup.

– Quelle preuve ?

– Une photo ! Je savais bien que j'avais déjà vu sa tête quelque part. Pas dans une série américaine, mais dans un de mes albums photos !

– Un album ?

– Celui de mon voyage en Provence, l'année dernière, pour fêter ma millième insémination. J'ai retrouvé le cliché. Ma femme pose devant le Vieux Port de Marseille avec un sourire niais sans se douter qu'il est là, juste derrière elle, en train de nous espionner.

– Toussaint Legoupil ?

– Lui-même ! Ce type doit être un escroc international. La perversité chevillée au corps ! J'appelle l'inspectrice Shao Lin tout de suite.

Samedi, seize heures

Dans le square, les heures s'écoulaient lentement. Un groupe d'employés de bureau faisait une séance de gymnastique collective, quelques retraités organisaient un concours de karaoké devant une télé portative, Toussaint, lui, s'était statufié sur son banc. Il n'attendait plus qu'une chose : que Victor réponde à ses questions, que le dossier du ministère éclaire enfin le mystère du Chinoir… Il laissa son regard se perdre dans le vague des promeneurs, passant de l'un à l'autre sans distinguer le bébé baveur de la pin-up provocante, le mollet variqueux de la cuisse légère, la capuche noire du crâne luisant.

Une capuche noire et un crâne luisant ?

L'alerte rouge retentit dans l'esprit de Toussaint qui procéda à une évacuation d'urgence en plongeant dans un massif de rhododendrons.

C'étaient Mimi et Tao.

Ils venaient d'entrer dans le square, de l'autre côté de la mare aux nénuphars géants. Consternation. Ils paraissaient ne pas l'avoir vu… Ils devaient être en train de le traquer… Peut-être même la secte avait-elle envoyé du renfort ? Toussaint pensa qu'il devait se cacher jusqu'à l'heure de son rendez-vous avec Victor. Les fleurs étaient jolies, mais il ne pouvait pas passer l'après-midi à se faire butiner les narines. Le mieux était d'aller se terrer au fond du premier cinéma venu.

Mimi venait de sortir sa guitare, il était temps de détaler. Toussaint avisa un groupe d'écoliers en uniforme qui traversait le square en rangs serrés. Il se dissimula derrière la colonne et s'éclipsa en progressant avec l'élégance du crapaud cacochyme sous les rires clairs des enfants.

Pendant ce temps, à quelques mètres de là…

– Faisons une pause, on a déjà arpenté la moitié de la ville. M. Tao, vous croyez qu'on va revoir Toussaint ? J'ai fait brûler toute ma réserve de farigoule dans un pentagramme en priant Astharoth, mais je n'ai pas eu de réponse. Je pourrais sacrifier un poulet pour lire dans ses entrailles, mais j'ai peur que ça perturbe ma Ratounette.

– Quittez vos légitimes craintes, chère Mimi. Grâce au Ciel, l'affaire est entendue. Je sors d'une entrevue qui m'a fort édifié avec un nommé Gong, officier de police. Il m'a assuré faire toute diligence pour retrouver notre ami.

– Toussaint doit nous détester… Pourquoi m'avoir menti ? Si vous m'aviez parlé, nous n'en serions pas là !

– Hélas, j'accepte le blâme…

– C'est ça, vertuchou… Je sais bien que Léon avait mis le contrat de fabrication du Bougnafrou dans la balance, mais quand même… Je vous faisais confiance.

– J'aurai cœur à me racheter…

– Dites-moi, la fausse nonne qui a fait croire à Toussaint que sa mère s'appelait sœur Marie-des-Anges, vous l'avez trouvée où ?

– C'est une gourgandine du Pink Pussycat… Une camarade de Baby Sugar…

– Pauvre Toussaint… Vous ne lui aurez rien épargné… Je vous avertis, s'il ne revient pas, je planterai des aiguilles dans une poupée spécialement pour vous ! Vous allez le sentir passer ! En attendant, ça vous dirait une petite chanson pour se détendre un peu ? Ça s'appelle *Le Pique-nique hygiénique*.

– Fort bien… Pourtant je dois vous mettre en garde…

– Vous n'aimez pas mes mélodies ?

– Que nenni, je les goûte fort ! Mais songez au courroux de la censure chinoise si de « pique-nique » vous discourez !

– Pourquoi ?

– Des classes oisives, c'est là l'activité.

– Ah bon ? Sinon j'ai aussi *Le Psychopathe à cravate* dans mon répertoire.

– Il n'est point seyant de parler de « cravate ». Considérez que du bourgeois exploiteur, c'est l'évident symbole.

– Ouah, c'est dur de chanter ici ! Je pourrais peut-être essayer *Qu'il était beau mon tortionnaire* ? Elle a un refrain très dansant.

– Tout doux ! Vous suivez trop votre amoureuse envie, et vous ne devez pas vous tant passionner. Non, Madame, je ne vois qu'une activité artistique pour vous céans.

– Laquelle ?

– Le mime.

Samedi, vingt et une heures

Revigoré par une expérience cinématographique unique (*La Grande Vadrouille* doublée en mandarin), Toussaint approchait de l'hôtel Sichuan Jingjiang et de l'heure de vérité. Il allait enfin retrouver Victor. Il ne serait plus seul dans cette histoire démente, et avec un peu de chance son ami aurait des informations sur sa mère biologique... Il pensa à Mimi avec tristesse, mais il chassa rapidement cette image de son esprit.

La rue était de plus en plus animée. Des ambulances, des équipes de télévision, et même des voitures de police... C'était l'hôtel qui attirait cette foule. Des barrières de sécurité avaient été installées. Toussaint joua des coudes pour voir ce qui se passait. Un défilé de médecins, de policiers et de pompiers pénétrait dans le hall du Sichuan Jingjiang.

À ce moment-là, il vit apparaître une figure familière. C'était l'inspectrice Shao Lin qui s'avançait en scrutant la foule. Soudain, son regard croisa celui de Toussaint et son visage fermé se changea en masque de colère. Elle pointa son bras vers lui en hurlant. Toussaint, paniqué, se retourna, traversa la foule en assommant les curieux et se mit à courir. Des sifflets retentirent derrière lui, puis des grondements de moteurs au démarrage. La chasse commençait, Toussaint était la proie. Cela lui rappela le cauchemar qu'il avait fait la veille de son départ. Mais là, on était dans la réalité. Il s'agissait de sauver sa peau.

Au coin de la rue, Toussaint était déjà à bout de souffle. À cet instant, un tas de boue freina devant lui en faisant hurler ses pneus. Toussaint, consterné, eut du mal à identifier la chose. C'était une antiquité sur roues, presque un fossile (mais comme l'auteur n'y connaît rien en voitures chinoises, il dira pour simplifier que c'était une 2 CV).

Une portière s'ouvrit à l'arrière et quelqu'un cria « Montez, vite ! ». Avant de s'engouffrer dans la Deuche, Toussaint fixa le conducteur, sans comprendre.

C'était Mlle Ming, la vétérinaire.

Pendant ce temps, à Chengdu…

– Allô, maître ? C'est Mimi. Je suis très inquiète. Toussaint est parti comme un voleur cette nuit et on n'a plus de nouvelles.

– Je sais.

– Pourquoi vous ne m'avez pas dit la vérité sur Tao et tout le reste ? Vous vous êtes servi de moi ! Maintenant Toussaint doit croire que j'étais au courant et que je lui mentais comme vous tous ! C'est affreux !

– Calme-toi, Mimi, tout va bien. Je suis entré en communication neurotélépathétique avec l'Élu tout à l'heure et il m'a dit qu'il ne t'en voulait pas du tout.

– Dites donc, Grand Maître, vous ne me prendriez pas pour une coucourde ?

Samedi, vingt et une heures quinze

La 2 CV démarra en trombe dans un bruit infernal de tôle disloquée. Toussaint ferma les yeux et planta ses ongles dans la banquette élimée.

– Qu'est-ce que vous faites là ? cria-t-il à Mlle Ming.

– C'est votre copine poilue Sue Ellen, elle vous réclame !

– Vous voulez rire ? fit Toussaint, à moitié rassuré.

– Laissez-vous aller ! Je sème la police et puis je vous explique. Je viens de finir le rodage de ma petite merveille, alors profitons-en.

À vue de nez, la merveille accusait son demi-siècle. Un sacré rodage, donc.

C'était parti. La Deuche se mit à dévaler les avenues et à prendre les virages à la corde au risque d'écraser quelqu'un à chaque coin de rue. Exactement comme dans les poursuites des films américains, avec crissement de pneus, nuage de poussière, chiens écrabouillés, etc[1]. En amoureuse du grand style, Mlle Ming improvisa une série de slaloms qui permirent à Toussaint d'approcher le sens exact de la métaphore « l'estomac au bord des lèvres ». Mais derrière eux, le danger se rapprochait, sous la forme d'une colonne de voitures de police.

– Ils nous rattrapent, bredouilla Toussaint alors que la 2 CV quittait le centre-ville pour s'engager

1. L'auteur se sent incapable de décrire cette scène avec l'intensité dramatique qui s'imposerait. Il prie donc le lecteur de penser ici à sa poursuite cinématographique préférée, par exemple, pour les amateurs d'art et d'essai, Louis de Funès en gendarme de Saint-Tropez embarqué dans la 2 CV de sœur Clotilde.

sur l'autoroute. Et je ne sais même pas ce qu'ils me veulent !

– Moi si, fit Mlle Ming. D'après mes informations, ils comptent vous arrêter pour meurtre.

– Qu'est-ce que vous racontez ? Le meurtre de qui ?

– De votre ami Victor Djemba.

Fiche de police n° 555666,
établie par l'inspectrice Shao Lin

Victime : Victor Djemba, ressortissant français (non fiché, curieux pour un étranger : à fouiller).

Hypothèses : 1) Déchaînement d'un psychopathe dément. 2) Performance d'art contemporain mal maîtrisée (avec les Français, tout est possible).

Témoins : un couple de capitalistes new-yorkais en voyage de noces.

Extraits d'interrogatoires :

Mrs Bigbeef : « Nous étions sur le lit, en train de faire… des mots croisés. Mon mari venait de noircir quelques cases avec son style habituel : enthousiaste mais trop rapide. Je me suis retournée pour lui dire qu'il fallait tout recommencer, c'est là que j'ai vu qu'il y avait un problème. »

Mr Bigbeef : « Ma femme me tournait le dos, elle s'était penchée pour… ramasser sa broderie. Quand elle s'est redressée en râlant parce que j'avais abîmé son point de croix, j'ai lu l'effroi dans son regard. »

Mrs Bigbeef : « Je ne l'avais jamais vu comme ça ! Il est toujours un peu rougeaud, mon Mickey, mais là il était écarlate ! Surtout qu'il ne s'était pas beaucoup fatigué… avec les mots croisés… »

Mr Bigbeef : « J'avais un drôle de goût dans la bouche, comme le jour où on a dû manger chinois parce que le McDo était fermé. C'était chaud et ça dégoulinait sur mon crâne. En levant la tête, j'ai pris une goutte dans l'œil. »

Mrs Bigbeef : « Il y avait une grande auréole rouge au plafond, et ça bavait dru. J'ai appelé la réception pour signaler le problème, mais ça n'a jamais répondu. Le goutte-à-goutte se transformait peu à peu en averse. Comme il devenait difficile de cruciverber, j'ai demandé à mon Mickey d'être enfin un homme et de monter dire au client du dessus de mettre un pansement. »

Mr Bigbeef : « La porte de la chambre 231 était entrebâillée. J'ai frappé, j'ai attendu quelques secondes, j'ai insisté, en vain. Alors j'ai pris mon courage d'une main, la poignée de l'autre, et je suis entré. »

Mrs Bigbeef : « Comme Mickey ne revenait pas, j'ai décidé de le rejoindre à l'étage. J'avais peur qu'il ne se mette à suinter lui aussi par le plafond. La porte était grande ouverte, la pièce illuminée, mon Mickey à genoux sur la moquette, les traits déformés par l'épouvante. Ça m'a fait un choc. Qu'est-ce qu'il avait bien pu voir pour se mettre dans un état pareil ? George Bush prenant du Viagra ? Pamela Anderson prenant sa douche ? George Bush prenant Pamela Anderson ? »

Mr Bigbeef : « Aucun homme n'est préparé à un tel spectacle, pas même un Yankee. Au centre de la pièce, un grand Noir était allongé, entièrement nu. Et derrière sa tête, il y avait une pyramide de

Tupperware ! Comme je vous le dis ! Une bonne vingtaine de Tupper fermés d'un couvercle, le tout au milieu d'une gigantesque mare de sang. »

Mrs Bigbeef : « Le type n'avait plus de visage… et puis cette immense balafre du nombril jusqu'à la gorge… C'était horrible… En plus, le tueur avait laissé ses doggy bags ! Tous les organes du bonhomme, bien rangés… Je n'imaginais pas qu'il y avait autant de choses à l'intérieur d'un corps humain ! »

Mr Bigbeef : « Allez manger dans un resto chinois après ça ! Vous parlez d'un voyage de noces ! »

Conclusion : Mode opératoire révélant un profil de psychopathe. Jusqu'où l'Occident décadent poussera-t-il l'infamie sur le sol de notre glorieuse République populaire ?

Suspect : un ami d'enfance de la victime, présent sur les lieux du crime, déjà soupçonné d'agression et de vol : Toussaint Legoupil.

Samedi, vingt et une heures quarante

– Mais pourquoi moi ? cria Toussaint. Et d'abord, comment savez-vous que Victor est mort ?

– Nous avons des yeux et des oreilles partout, répondit Mlle Ming.

– Qui ça « nous » ?

À cet instant, une salve de mitrailleuse fit exploser la lunette arrière. Toussaint se recroquevilla au sol, tel un bébé chaton apeuré.

– C'est la guerre ! cria Ming en faisant vrombir le bloc-cylindres, hurler la bielle et siffler le vilebrequin, avant de quitter l'autoroute pour rejoindre la campagne.

– Où allons-nous ? demanda Toussaint.

– Mlle Ming, arc-boutée sur son volant, faisait beugler son klaxon.

– C'est une surprise.

– Pardon ?

La Deuche s'ébroua soudain comme si elle venait de rouler sur quelque chose. La tête de Toussaint défonça la capote, Mlle Ming prit un air détaché.

– Oups… Un p'tit ragondin, dix points.

– Mais qui êtes-vous enfin ?

– Ça aussi, c'est une surprise… En fait, ma mission depuis trois jours, c'est de vous surveiller. Maintenant excusez-moi, mais il faut que je me concentre.

Les voitures de police aux sirènes hurlantes étaient maintenant toutes proches. Mlle Ming s'acharnait sur l'accélérateur. On entendait pleurer le joint de culasse. « C'est bon, ils sont finis », assura Ming au moment où une nouvelle salve de mitrailleuse décapota la guimbarde. « Tout va bien, il ne pleut pas », ajouta-t-elle en opérant un dérapage brutal au frein à main. Toussaint s'encastra dans le siège avant, la 2 CV lâcha un cri primal et laissa sur place son pot d'échappement. Puis elle s'élança sur une petite piste et s'enfonça dans la forêt, tous phares éteints. « Ça se présente pas mal », dit Ming en abordant une pente à quarante-cinq degrés sur un chemin raviné. « On est en train de les semer », continua-t-elle alors que le souffle d'une explosion venait d'arracher les deux portières gauches. « La voiture s'allège, c'est bon pour nous », fit-elle avec un optimisme qui laissa Toussaint pantois. En même temps, elle avait raison : l'épave allait de plus en plus vite en se délestant davantage à chaque cahot. Ainsi virevoltèrent pare-chocs et capots, enjoliveurs et rétros, dans l'allégresse d'un strip-tease automobile qui aboutit *in fine* à une épure de véhicule, à un concept routier, à la substantifique moelle de la Deuche. Enfin dépouillée de sa gangue carrossée, elle voguait vers le monde des Idées.

Alors,
Sous les yeux fascinés des fantassins asiates
Dont les coups de canons restaient inefficients,
La fière Deux Chevaux regagna ses pénates,
Emportant sur son dos nos deux inconscients.

Le profil majestueux, le port aristocrate,
Et quelques échappées de gaz asphyxiant,
Eurent bientôt raison de la gent scélérate,
Au front bas, au cul haut, au bulbe déficient.

Et menant au galop son dernier tour de piste,
Comme un adieu pompeux à son dieu le pompiste,
Vaillante monture, la robe dégrafée,

La bielle à l'agonie et le cardan en vrac,
Elle expira enfin, pour son dernier come-back,
Au milieu des canards, dans la nuit noir café[1].

1. « Toujours prévoir un grand moment de poésie à la page 174. »
La Littérature en kit, p. 112.

Pendant ce temps, à Croquefigue-en-Provence...
« C'est booon les gauuufres ! »

Samedi, vingt-deux heures quinze
L'épave barbotait, près d'une ferme délabrée. Mlle Ming, en adepte des dérapages incontrôlés, avait eu raison d'un cochon cardiaque, puis elle avait poursuivi jusqu'à une mare bourbeuse, histoire de clôturer le show par les grandes eaux.

Toussaint était sidéré qu'ils aient réussi à semer la police, stupéfait d'être encore en vie, mais surtout consterné par l'acharnement du sort... Victor était mort ! Pourquoi ? Pour avoir voulu l'aider ? Victor avait eu en main son dossier. Il avait dû apprendre le nom de sa mère biologique... connaître le fin mot de l'histoire... Et quelqu'un était allé jusqu'à tuer pour dissimuler la vérité.

Toussaint pensa que son dernier espoir était mort avec son ami, et que son voyage n'était qu'un effroyable gâchis... Il attendit quelques minutes avant d'ouvrir la bouche, de peur qu'il n'en sorte autre chose que des mots.

– Que fait-on maintenant ? demanda-t-il à Mlle Ming qui se repoudrait le nez.

– Rien. On est arrivé.

Toussaint fit quelques pas dans la nuit profonde en essayant de se repérer. Que faisaient-ils là, devant cette vieille ferme ? À quoi jouait Mlle Ming ? Pourquoi le surveillait-elle ? Alors que les questions tournaient dans sa tête sans relâche, la porte de la ferme s'ouvrit. Deux costauds s'avancèrent, une torche à la main. Ils saluèrent Mlle Ming puis empoignèrent Toussaint par les oreilles. Notre héros accueillit cette marque d'affection comme il se doit en imitant avec talent le braiment de la bourrique provençale. Malgré la barrière culturelle, le courant passait. Pourtant on abrégea les effusions : après la distribution de quelques allers-retours dans les gencives, Toussaint sentit une douleur vive à l'épaule. Et puis, très vite, l'impression que la terre se dérobait sous ses pieds.

Comme si un trou sans fond l'engloutissait.

Comme s'il disparaissait dans les limbes.

Comme s'il n'était plus rien.

Chapitre 8

Où l'on aura intérêt à être attentif parce que ça devient compliqué.

Samedi, vingt-trois heures trente

Toussaint ouvrit les yeux dans une cave aux murs lépreux. Il était bâillonné et enchaîné sur une table d'opération, comme pour faire de la figuration dans un film d'horreur de la Hammer, du genre *Les Facéties chirurgicales du docteur Morlock*. Il ne manquait que l'entrée en scène d'un vieux Chinois tout biscornu se frottant les mains d'un œil pervers et le tableau serait complet. Au bout de quelques minutes, il entendit des voix derrière la porte. Une clé tourna dans la serrure. *On* arrivait.

La porte s'ouvrit pour laisser entrer un vieux Chinois tout biscornu se frottant les mains d'un œil pervers. Un crâne nu et bossué, un corps cabossé, une barbiche en pointe. La réincarnation de Fu Manchu, pensa Toussaint qui aurait trouvé l'apparition pittoresque s'il n'avait pas joué le rôle du cobaye. À cet instant, les gonds grincèrent à nouveau. Toussaint sentit sa gorge se contracter.

Un second Chinois venait d'apparaître.

Le clone du premier.

Les mêmes bosses, la même barbiche, et la même retenue dans l'expression des sentiments de compassion et d'humanité. Il portait une énorme mallette qui semblait peser des tonnes.

– Gnouf, gnaf, gnouf gnouf ! menaça Toussaint qui ne mâchait pas ses mots mais bien un bâillon.

Le double resta sourd à ces imprécations et déballa le contenu de sa mallette avec la joie de l'enfant découvrant sa panoplie du petit chirurgien sous l'arbre de Noël : bistouri, forceps, tire-veine, clé à molette, fraise de 8, garrot de 12 et scie à métaux à lame en titane dentelée version B-13 (car nous avons aussi des lecteurs tortionnaires).

Une fois la mallette vide, les jumeaux salivèrent devant leur trésor étincelant. Par quoi allaient-ils commencer ?

Au moment où Barjo 1 s'emparait d'une chignole et Barjo 2 d'une scie égoïne, la porte s'ouvrit à nouveau…

Journal de Toussaint Legoupil – Séance psy

– Voilà docteur, c'est notre dernier rendez-vous. Je décolle demain.

– Comment vous sentez-vous ?

– Fébrile. Je ne sais pas si j'ai raison de partir là-bas… Qu'est-ce que je peux espérer de positif ? J'ai été abandonné, et ma mère, si je la retrouve, ne va pas m'accueillir à bras ouverts…

– Ce n'est plus l'heure de se poser des questions. Pensez à vos petits camarades Œdipe et Icare : il y a un moment où il faut prendre le risque de plonger dans l'inconnu.

– On sait où ça les a menés !

– N'oubliez pas que si Icare était resté dans le labyrinthe, il serait mort quand même. Mais de façon misérable et personne ne se souviendrait de lui !

– Je ne trouverai rien là-bas… Je serai bien avancé…

– Alors restez ici et faites quelque chose qui sorte de l'ordinaire. Ça règlera votre problème, ce sont vos actes qui vous donneront une identité et vous n'aurez plus besoin de vous chercher dans un passé évanoui.

– Quelque chose qui sort de l'ordinaire ?

– Vous pouvez essayer l'art. Peinture, musique… Ou alors écrivez un livre sur votre vie, elle est assez originale, ça pourrait marcher.

– À l'adolescence, j'ai pondu quelques poèmes. Mais de là à devenir écrivain…

– Alors engagez-vous en politique, prenez le pouvoir, laissez votre nom dans l'Histoire !

– Ça demande des compétences particulières !

– Dans ce cas, il y a bien une possibilité… Vous allez dire que je fais de la provocation, mais c'est à la portée de tous…

– Quoi donc ?

– Le crime.

– Pardon ?

– Commettez un crime abominable, quelque chose d'inédit et de bien dégueulasse. On se souvient toujours des monstres inventifs.

– Merci bien… Vous n'avez rien de moins salissant ?

– Il reste une dernière solution si vous ne voulez pas être l'auteur d'un crime odieux…

– Laquelle ?

– En être la victime.

Dimanche, minuit cinq

Toussaint fixa Mlle Ming qui avançait vers lui dans la cave sordide. Elle fumait une cigarette à la manière des actrices hollywoodiennes.

– Cher M. Legoupil… Je vois que vous avez fait connaissance avec les frères Zhou. Ce sont de véritables artistes dans le domaine de la chirurgie reconstructrice. Greffe de la main ? Prothèse de la hanche ? Anus artificiel ? Ils sont imbattables. Ça vous tente ?

– Gni, gni, gna, gna, répondit Toussaint, l'air intéressé.

– Je vais vous enlever ce bâillon, vous êtes grotesque… Vous disiez ?

– Je vais très bien ! J'ai été opéré de l'appendicite quand j'étais petit !

– L'art des frères Zhou n'a pas de visée thérapeutique ! Les jumeaux se moquent bien des maladies. Ils ne créent qu'à partir de corps sains qu'ils peuvent modeler au gré de leur inspiration.

– C'est de la torture !

– Pas du tout ! Le tortionnaire abîme son partenaire. Démembrer, dépecer, disséquer, puis tout envoyer aux chiens, c'est un travail de minable. Non ! Vous ressortez des mains des frères Zhou métamorphosé ! Tiens, leur spécialité du moment c'est le changement de sexe : vous ne voulez pas devenir une femme ? Il me semblait pourtant…

– Vous avez des toilettes ?

– Elles sont occupées. Je vous assure qu'ils font ça très bien !

– Je n'en doute pas… Mais je ne suis pas intéressé… Je cherche déjà mon identité, je ne vais pas en changer avant de l'avoir trouvée, vous comprenez ?

– Dommage… Pour tout dire, ils comptaient un peu sur vous. Cela fait longtemps qu'ils n'ont pas eu un noir sous le scalpel. La dernière fois, ils ont poussé le raffinement jusqu'à alterner la couleur des doigts : un blanc, un noir, un blanc, un noir… En plus le gars était pianiste, il était content.

– Vous avez une bassine ?

– Non. Vous allez bien m'écouter, M. Legoupil. Je risque de faire de la peine à mes amis, mais ça m'embête de vous forcer la main. Si vous ne voulez pas participer à leur projet d'avant-garde, il faudrait que vous fassiez des efforts.

– Tout ce que vous voulez ! J'adore faire des efforts !

– Alors vous allez m'expliquer à quel jeu vous jouez. Où sont les pandas que vous avez volés au centre de recherches ? Pourquoi avez-vous essayé de doubler Mr Yellow après cinq ans de bons et loyaux services ?

– Qu'est-ce que vous racontez ? Je ne le connais même pas votre Mr Yellow ! Je ne l'ai jamais vu !

– Lui non plus ne vous a jamais vu. L'anonymat est la force de notre organisation. C'est pourquoi nous avons été troublés par votre manque de discrétion quand vous vous êtes installé à l'hôtel sous le nom de Toussaint Legoupil.

– Je ne comprends rien à ce que vous racontez. Il y a erreur sur la personne !

– Arrêtez de jouer au touriste naïf ! La réputation de Toussaint Legoupil, le fameux « Français noir » n'est plus à faire.

– Ma réputation ? Mais je n'ai rien fait ! Je suis ici pour retrouver la trace de ma mère. Je suis chinois !

– Chinois, vous ? Je vois que vous avez décidé de coopérer... Je vais vous laisser avec mes amis, ils adorent qu'on se paye leur tête.

– Je vous dis la vérité ! Ma mère était bonne sœur à Sainte-Thérèse-des-Bienheureux !

– Bonne sœur... D'accord, j'ai compris...

– Mais...

– Ça suffit ! Puisque vous voulez jouer au plus futé, je vais être très claire : si vous n'êtes pas encore mort, c'est que Mr Yellow rechigne à perdre un élément aussi performant que vous. Il est prêt à vous laisser une dernière chance : soit vous rentrez dans le rang et vous redevenez un bon petit soldat obéissant, soit vous vous transformez en magnifique œuvre d'art entre les mains des frères Zhou. À vous de décider, je vous laisse la nuit pour réfléchir.

Toussaint aurait bien voulu trouver une réplique avantageuse car il détestait faire mauvaise impression, mais on ne lui en laissa pas le temps. On le bâillonna à nouveau, on le traîna jusque dans la cour de la ferme et on le jeta sans ménagement dans la porcherie qu'on ferma à double tour.

Pendant ce temps, à Marseille...

– Docteur Grounovski ? Je suis Léon Legoupil et voici ma femme Mado. Vous me connaissez sûrement, je suis le maire de Croquefigue-en-Provence. Je vous ai d'ailleurs apporté une brochure qui vous permettra de faire connaître à votre clientèle l'extraordinaire intérêt de notre commune qui...

– Vous venez me voir pour faire votre pub ?

– Non, nous sommes là pour notre fils, Toussaint. Nous savons qu'il vous a consulté pendant plusieurs semaines.

– Je suis désolé, mais je suis astreint au secret médical.

– Docteur, comprenez le désarroi d'une mère... Je ne suis plus allée à la selle depuis le départ de Toussaint ! À ce propos, vous vous y connaissez en colopathie ? Je peux vous montrer mon...

– Mado ! Tu veux me faire perdre la figure devant le toubib ?

– Vous voulez bien m'expliquer ce que vous venez faire ici ?

– Eh bien voilà, docteur. Toussaint a disparu en Chine depuis deux jours. On pense qu'il a fait des découvertes sur son passé qui ont dû le chagriner... Vous comprenez, on ne lui avait pas expliqué tous les détails... Peut-être vous a-t-il dit des choses qui nous permettront de le retrouver ? Si vous pouviez nous aider...

– Racontez-moi d'abord ce que vous avez caché à Toussaint.

Dimanche, minuit trente

Dans quoi avait-il été embarqué ? Pourquoi le nom de Toussaint Legoupil était-il connu en Chine comme celui d'un malfaiteur ? Qui se cachait derrière tout ça ? Entre son dossier au ministère, le meurtre de Victor et l'offre d'emploi de Mr Yellow, Toussaint avait l'impression de se noyer. Il essaya de calmer un début de panique et de se concentrer. Après quelques minutes de réflexion, la solution s'imposa : il allait s'évader. Restait juste à trouver comment.

Il passa en revue les films dans lesquels le héros se retrouve enfermé au péril de sa vie. Que ferait James Bond dans sa position ? Et Indiana Jones ? Et Jean Lefebvre ? Mais bien sûr… Ils attendraient que le méchant arrive, ils le neutraliseraient et ils s'échapperaient ! Toussaint tenait la solution, il n'y avait plus qu'à patienter.

Au bout de quelques instants, sa part retorse – qui prenait toujours un malin plaisir à intervenir quand on ne lui demandait rien – s'éveilla.

Elle : Tu te souviens comment on fait pour neutraliser un gardien ?

Lui : On l'assomme, non ?

Elle : Ah ouais ? Comment ça ?

Lui : Avec… un tabouret !

Elle : Tu as un tabouret ?

Lui : Euh… non… Mais je peux le mettre K.-O., j'ai fait des années de kung-fu wushu !

Elle : Je te rappelle que tu en prenais surtout plein la gueule…

Lui : Et la ruse ? Ça peut marcher ça ! S'il est borgne, je lui crève l'autre œil et je m'enfuis, comme Ulysse avec le Cyclope !

Elle : Et s'il n'est pas borgne ?

Lui : Tu sais que tu commences à me fatiguer ?

Elle : C'est normal, je suis ta part retorse. Tu t'ennuierais sans moi.

Lui : Personne ne te retient !

Allongé sur une paillasse, Toussaint passa le reste de la nuit à résoudre une question philosophique née de l'admirable chorégraphie proposée par une colonne de blattes sur la porte de sa cellule : que se passerait-il si les cafards décidaient un jour de se nourrir d'êtres humains ? Il n'avait pas trouvé de réponse, mais il avait gardé ses chaussures.

Journal de Toussaint Legoupil – Séance psy

– Une dernière chose avant votre départ. Vous devez être conscient de tout ce que ça pourrait impliquer. Je vous souhaite de retrouver un père et une mère, mais il est possible que vous soyez aussi confronté à un frère ou une sœur.

– On en a déjà parlé... Ça ne me dérangerait pas, j'en ai soupé d'être fils unique.

– Attention tout de même. Vous qui aimez la mythologie, souvenez-vous que les relations fraternelles ne sont pas de tout repos. Caïn et Abel, Romulus et Remus... La liste est longue. Le fratricide a toujours été tendance.

– Je veux juste connaître mon passé, je viens en paix.

– Mais pour les autres, vous serez un intrus. Votre mère vous recevra sans doute dans la joie du remords, mais vos éventuels frères et sœurs ? Il suffit d'observer à quel point un enfant peut être jaloux à la naissance de son cadet. Il faut des mois, voire des années, pour qu'il l'accepte, et dans certains cas les deux ne s'entendront jamais. La fraternité, ça demande beaucoup d'efforts, ça se construit avec le temps. Là, vous débarquerez comme un cheveu sur la soupe au bout de vingt-cinq ans : si j'étais vous, je ne m'attendrais pas à de grandes effusions.

– D'accord, vous voulez me dire de ne pas trop idéaliser…

– Je veux surtout vous dire de vous méfier.

La fin à tiroirs[1]

Où l'auteur, qui n'a peur de rien,
va tenter la figure périlleuse
du double coup de théâtre enchaîné.

Dimanche, six heures

Toussaint se réveilla brusquement en criant « Pas le bistouri ! ». Il avait cru entendre sa prison s'ouvrir et quelqu'un marcher dans la pièce. Mais la porte était fermée et la porcherie vide. Il regarda autour de lui. C'était une salle presque souterraine, dont les murailles nues et suantes semblaient imprégnées d'une vapeur de larmes. Une espèce de lampion posé sur un escabeau, et dont la mèche nageait dans une graisse fétide, illuminait les parois lustrées de cet affreux séjour, comme dit Alexandre Dumas au chapitre VIII du *Comte de Monte-Cristo*.

Il n'avait pas rêvé, quelqu'un était bien entré. Le lampion n'était pas là avant qu'il s'endorme. Ni l'escabeau. Ni l'enveloppe rouge posée dessus…

1. « Le montage des tiroirs demande une grande précision. Attention à ne pas se coincer les doigts. »

La Littérature en kit, p. 112.

À l'intérieur, Toussaint trouva une lettre. Il regarda la signature et n'en crut pas ses yeux.

C'était Victor Djemba qui lui écrivait.

Lettre de Victor Djemba à Toussaint Legoupil

Cher Toussaint,

J'ai appris que tu traversais une mauvaise passe et je suis venu te réconforter : les amis sont faits pour ça. Désolé de ne pas être présent physiquement, mais cela aurait été trop dangereux. Il est plus facile de graisser la patte d'un gardien pour qu'il joue au facteur.

Pour commencer, je veux t'annoncer une bonne nouvelle : je ne suis pas mort ! Tu es surpris ? Pourtant, tu me connais bien, tu sais de quoi je suis capable… Mais vu ta situation, l'heure n'est pas aux souvenirs du bon vieux temps. J'imagine que tu te poses beaucoup de questions. La moindre des choses que je puisse faire, c'est d'y répondre. Je te dois bien ça.

Reprenons donc le fil de l'histoire.

Cela fait sept ans que je vis en Chine. Jean-Marius et Léon m'y ont trouvé une situation en or par l'intermédiaire de M. Tao. Ça arrangeait tout le monde : j'avais envie de voir du pays et eux voulaient m'éloigner de Croquefigue. Donc, officiellement, je fais du commerce. Le jour, je suis Victor Djemba, cadre zélé, mais la nuit… je me transforme ! Ni en loup-garou, ni en super-héros, non… Je deviens… Toussaint Legoupil !

Eh oui, je t'ai emprunté ton identité. Pourquoi ? Un peu de patience… C'est sous ton nom qu'on me connaît dans les coins peu fréquentables de ce beau pays, où il est si facile de faire fructifier l'intelligence d'un jeune homme ambitieux. On a dû te mettre au courant, j'ai mené quelques affaires florissantes pour Mr Yellow. Le problème, c'est que j'avais envie de me mettre à mon compte et que le patron est aussi exclusif que ta mère… On est avec lui ou on n'est plus… Je ne voyais pas de solution pour m'en sortir.

C'est alors que tu es venu me sauver.

Quand j'ai appris que tu débarquais en Chine, j'ai réalisé que je tenais ma chance. Mr Yellow voulait Toussaint Legoupil ? Il l'aurait. Moi je retrouverais ma tranquillité et tout le monde serait content (ou presque…).

Tu connais mon goût pour la mise en scène. J'ai pris beaucoup de plaisir à renouer avec mes péchés de jeunesse… J'ai commencé par faire le mort quelques semaines avant ta venue, histoire d'agacer Mr Yellow à qui je devais livrer des pandas. Puis j'ai fait circuler la nouvelle de l'arrivée de Toussaint Legoupil dans un hôtel de Chendgu pour lancer l'action. Je devais aussi te faire repérer par la police pour que tu sois crédible dans la peau de mon remplaçant, et pour que tu n'ailles pas te réfugier dans leurs pattes quand Mr Yellow interviendrait… J'ai donc suivi tes traces : une visite libertine à Baby Sugar juste après ton passage, un rapt de bébés pandas le jour de ta venue au centre de recherches, et enfin un meurtre, en apothéose. Pour me remplacer dans le rôle du cadavre, j'ai trouvé un touriste américain dans un bar des quartiers chauds. Correctement défiguré, on n'y voyait que du feu. Tu comprends, je préférais effacer toutes les traces et te laisser vraiment ta place… Tu es l'unique Toussaint Legoupil. Et moi, je suis libre.

Pour la petite histoire, c'est aussi moi qui ai organisé ta rencontre surprise avec le Bougnafrou dans la rue. Un petit clin d'œil à Jean-Marius et Léon pour miner leur plan… Voilà, j'espère que tu ne m'en veux pas trop ? Sache que tu me rends un vrai service. Et ne crois pas que ça m'amuse, je n'ai pas le choix ! C'est le destin, comme dans les mythes grecs que tu aimes tant. De toute façon, ça ne pouvait pas bien finir entre nous… Pas avec le secret qui nous relie.

Mais tu ne vois peut-être pas encore de quoi je veux parler ? Tu te souviens de l'affaire des caddies du Mammouth ? Tu sais pourquoi du jour au lendemain nos parents n'ont plus voulu que nous traînions ensemble ? Pourquoi on m'a envoyé en pension ? Ce n'est pas à cause des caddies, non… c'est à cause de toi ! Ce soir-là, quand je suis rentré chez moi, ton père parlait avec le mien dans notre salon. J'ai été trop curieux… et j'ai entendu quelque chose que je n'aurais jamais dû entendre. Quelque chose qui a bouleversé ma vie. Tu te doutes de quoi il s'agit ? L'identité de tes parents, bien sûr… Cela fait dix ans que je suis au courant. Dix ans que Léon et Jean-Marius achètent mon silence. C'est à cause de ça qu'on m'a éloigné de toi toutes ces années. Il fallait garder le secret pour protéger la famille Legoupil.

Il est temps maintenant que tu apprennes la vérité sur ta naissance. Assieds-toi confortablement, voici le moment tant attendu de la révélation ! Comme c'est une histoire digne d'un roman, je me suis amusé à la rédiger pour que tu en profites vraiment. J'espère que ça te plaira. J'ai intitulé ça : *Made in Croquefigue*.

Début 1978, Léon Legoupil, le maire bien-aimé de Croquefigue-en-Provence, se rendit en Chine pour lancer la fabrication à bas prix du Bougnafrou. Gaston Xiaoping l'avait mis en contact avec M. Tao, un cousin francophile, entrepreneur à Chengdu qui devint aussi par la suite un cadre du MINOU. Léon partit seul pendant trois semaines, laissant le soin à Mado de veiller au grain municipal.

Mais pour la Dévoreuse de Croquefigue, trois semaines c'était le bout du monde. Face à ce désert sexuel, cette ascèse érotique, ce néant charnel, elle tint trois jours. Puis elle alla chercher du réconfort alentour...

Enfin Léon revint, des Bougnafrous plein les bras. Mado réalisa qu'elle était enceinte, Léon explosa. D'abord parce qu'il n'y avait pas de doute sur les dates : Mado avait fauté pendant son absence. Mais surtout parce que les époux essayaient de procréer depuis des années en vain. Le « problème », c'était donc lui...

Monsieur le maire fut accablé : un candidat stérile et cocu, ça n'allait pas donner terrible sur les affiches des cantonales. À moins de ne rien dire ? Léon se convoqua pour un conseil municipal extraordinaire où il délibéra avec lui-même. Il argua qu'il tenait son héritier et qu'un bébé ça pouvait même émouvoir l'électeur. Après mûre réflexion, la raison d'État l'emporta par K.-O. Tout était réglé.

Mais en fait non.

– Léon, mon Léon, j'ai un problème à soulever.

– Mado, ma Mado, soulève.

– Voilà... J'ai fauté, certes, je suis bien obligée de l'avouer, mais...

– Mais ?

– Pas avec n'importe qui...

– C'est tout à ton honneur, tu es quand même la first lady de Croquefigue. Maintenant dis-moi où est le problème. C'est l'heureux papa qui a des prétentions ? Il ne va pas la ramener en plus ! L'enfant sera de moi, un point c'est tout !

– Disons que ça risque de se voir...

– Pourquoi ?

– Parce que le papa, c'est... Gaston Xiaoping. Je suis partie pour pondre un petit Chinois et ça va jaser dans la commune.

Choc.

Léon convoqua le traître. Les murs tremblèrent, les baffes volèrent puis on se mit à réfléchir. C'est Gaston qui eut l'idée : Mado et Léon n'avaient qu'à annoncer qu'ils allaient adopter un enfant. Ils s'envoleraient pour la Chine à la fin de la grossesse (vu la corpulence de Mado, personne ne se douterait de rien), l'accouchement se ferait là-bas et ils reviendraient avec un bébé du bout du monde. Il suffisait d'y penser. On félicita Gaston pour son imagination, on l'invita à écrire des romans et on choisit Chengdu comme destination pour y faire « d'une pierre deux Bougnafrous » (dixit Léon, quadruple vainqueur de la coupe intercommunale de la blague marseillaise). Les époux Legoupil restèrent trois mois dans la capitale du Sichuan, officiellement pour faire le siège des orphelinats. Mado accoucha dans une clinique discrète. Tout était réglé.

Mais en fait non.

– Mado, tu n'aurais pas oublié de me dire quelque chose ? Ôte-moi d'un doute, mais il me semble que cet enfant est noir, non ?

– Maintenant que tu en parles, ça me revient. Parfois on se demande où on a la tête, n'est-ce pas ?

– Je me pose cette question pour une autre partie de ton corps.

– Ah oui ! C'est amusant !

– Je ne voudrais pas paraître insistant, mais j'aimerais des éclaircissements. Cet enfant est noir, j'ai les élections qui arrivent et si tu n'étais pas une jeune maman, je t'arracherais volontiers les ovaires.

– Eh bien, c'est simple, je ne vois qu'une explication : j'ai dû avoir un échange avec Jean-Marius Djemba.

– Un « échange » ! Et tu avais oublié ?

– Ben oui… Il faut dire qu'il y avait du monde ce soir-là.

– Du monde ?

– Et puis il faisait très sombre !

– Très sombre ?

– C'est pour ça que je n'ai pas tout vu.

– Dis-moi Mado, tu ne serais pas en train de me dire que pendant mon absence tu as organisé une petite partouze à la maison ?

– Ah non !

– Comment ça, non ?

– La responsable, c'est la bonne du curé. Elle avait prévu une soirée belote pour quelques intimes après la loterie paroissiale, et ça a dégénéré en strip-poker. Ce sont des choses qui arrivent...

– Disons qu'il fallait que ça m'arrive à moi.

– Oh, tu ne vas pas commencer à rouscailler ! Tu voulais un fils, en voilà un ! Il n'est pas mignon, ce pitchoun ?

– Si...

– Alors ? Profite !

Au retour, Léon convoqua Gaston et Jean-Marius. Les élections étaient en jeu, il exigea le secret absolu. Jean-Marius fut facile à convaincre, il avait besoin du soutien de la mairie pour sa secte. Gaston, déçu de ne pas être papa, se fit davantage prier. On le ramena à la raison à l'aide d'un gaufrier défectueux, et quelques piqûres de rappel les années suivantes suffirent à s'assurer de son silence...

La vie put reprendre son cours.

Voilà, Toussaint, telle est la vérité... mon frère.

Tu ne te doutais de rien ? Tu n'as jamais remarqué comme Jean-Marius était affectueux avec toi ? Tu ne t'es pas demandé pourquoi il t'avait désigné comme « l'Élu » de sa secte ? C'est vieux comme le monde, le fils préféré... Moi, je l'ai senti toute mon enfance. Au fond, j'ai toujours voulu être Toussaint Legoupil... Alors ne m'en veux pas si je le suis devenu. Je te rends maintenant ton identité, toi qui la cherches depuis si longtemps.

Nous ne nous reverrons plus, je quitte la Chine aujourd'hui et je commence ma nouvelle vie… en même temps que tu débutes la tienne ! Tu verras, être voleur, ça a du bon ! En ce qui concerne cette lettre, je te conseille de la détruire tout de suite. Si Mr Yellow découvre que tu n'es pas le brillant escroc qu'il croit, il risque d'être déçu. Quant à la police ou tes parents, n'y pense même pas : tout le monde te croit responsable de ma mort, il vaut mieux te faire discret. On dira que tu as disparu, ça fera parler au village.

Je crois que je t'ai tout dit, frérot, il est temps que je te laisse. Prends bien soin de toi. Et sans rancune !

Dimanche, huit heures

À la fin de sa lecture, Toussaint ferma les yeux, l'esprit en ruine. Il était parti à l'autre bout du monde pour découvrir que la réponse à ses questions se trouvait au point de départ… Chez lui, à Croquefigue.

Il n'était pas un enfant adopté. Il était le fils de Mado et Jean-Marius… Tout le monde lui mentait depuis sa naissance… Et le comble avait été atteint pendant cette semaine en Chine. Il n'avait été qu'une marionnette. D'un côté Mado, Léon et Jean-Marius qui avaient tout prévu pour l'entourlouper ; de l'autre Victor, qui avait court-circuité le plan des parents et qui avait piégé… son propre frère.

Soudain, tout parut si simple dans l'esprit de Toussaint… Lui qui se torturait depuis des années avec ses questions, il n'avait plus à réfléchir. Victor lui avait donné les réponses et lui avait même prévu son avenir... Il ne restait plus à Toussaint qu'à se laisser porter. Quel autre choix avait-il sinon d'accepter de travailler pour Mr Yellow ? Lui qui était venu en Chine pour se trouver, il allait jouer un rôle tout le reste de sa vie...

Le rôle de Toussaint Legoupil.

S'il en avait eu la force, il en aurait souri. Même pas besoin de se crever les yeux, Œdipe était surpassé. Il pensa que le sort aimait s'amuser. Puis il ne pensa plus rien.

Son esprit venait d'être reformaté, son disque dur interne avait cramé, sur l'écran de son cerveau clignotait un message d'erreur :

Le fils de Mado et Jean-Marius.

Le fils de Mado et Jean-Marius.

Le fils de Mado et Jean-Marius...

Quelques heures auparavant, à Marseille...

– Voilà, docteur, vous savez tout. Vous avez une idée de ce qu'a pu devenir Toussaint ?

– Pas la moindre.

– C'est quand même étonnant de se volatiliser comme ça, non ?

– M. Legoupil, moi ce qui me paraît étonnant, c'est qu'il ne l'ait pas fait avant.

– Je ne comprends pas...

– Si c'était votre seul problème, ce ne serait pas grave.

– Mais que peut-on faire ?

– Pour Toussaint, surtout ne faites plus rien. Pour vous et votre femme par contre, deux séances par semaine, ça me paraît le minimum. Vous êtes intéressés par une carte de fidélité ?

Dimanche, neuf heures

La porte s'ouvrit à la volée, déversant dans la porcherie un flot de lumière qui écrasa Toussaint. Mlle Ming apparut sur le seuil et masqua l'astre du jour de sa gracieuse silhouette. L'ombre chinoise avisa le prisonnier qui tenait à la main une chaussure souillée de jus de cancrelat.

– Vous acceptez notre proposition ?

– Ben… Oui…

– Vous faites le bon choix. Je vais vous donner votre nouvelle mission.

– C'est que je pensais me reposer un petit peu…

– Vous pourrez ainsi prouver votre loyauté à Mr Yellow.

– Un truc pas trop dur alors… Je suis pas très en forme…

– Nous avons choisi un domaine dans lequel vous excellez. Vous vous introduirez à nouveau dans le centre de recherches du professeur Pei.

– Pour quoi faire ?

– Une bonne action, fit Mlle Ming avec un étrange sourire.

– C'est-à-dire ?

– Vous allez voler le panda Sue Ellen…

Et c'est ainsi que Toussaint Legoupil disparut en Chine…

Ou plutôt, c’est ainsi qu’il *aurait pu* disparaître…

Si seulement…

Épilogue

Où l'auteur, emporté par son élan,
tente un dernier coup de théâtre
en dévoilant son identité... [1]

Lecteur curieux qu'un hasard bienveillant a conduit jusqu'à ces lignes, merci d'avoir tenu le coup jusqu'à l'épilogue. J'avais averti en préambule que je débutais dans l'écriture, essayons de ne pas tout gâcher maintenant.

Il est temps pour moi de me présenter, même si j'imagine que la plupart d'entre vous auront deviné mon identité depuis longtemps. (Pour les autres, vous auriez quand même pu faire un petit effort...)

Alors voilà : je suis Toussaint Legoupil.

Et vous venez de lire mon premier roman.

Enfin, quand je dis « roman », ce n'est pas tout à fait juste, car j'ai réellement disparu il y a six mois. Je suis vraiment noir et j'ai bien été adopté en Chine. J'ai suivi une psychothérapie avec le docteur Grounovski. Ma mère est possessive et

1. « Tu prieras pour réussir ton ultime rebondissement, sinon le lecteur se dira que ce n'était pas la peine de se farcir deux cents pages pour ça, et tu auras l'air fin. »

La Bible de l'écrivain débutant, p. 112.

hypocondriaque, mon père est le maire tyrannique de Croquefigue, et que ce soient Jean-Marius Djemba et sa secte, Mimi et ses lubies, Gaston et ses gaufres, je me suis inspiré de la colonie de désaxés qui me sert d'entourage.

Par contre, tout le reste est inventé.

Car je ne suis jamais allé en Chine.

Il y a six mois pourtant, j'avais bien enregistré mon billet pour Chengdu à l'aéroport d'Orly. Puis je suis allé prendre un café et, c'est ridicule à dire mais… j'ai raté mon avion. Je devais avoir tellement peur que je n'ai pas entendu le dernier appel pour l'embarquement. Un bel acte manqué qui aurait fait les délices de mon psy…

Que pouvais-je faire ? Je n'avais pas assez d'argent pour un autre billet, je ne pouvais pas retourner au village sans être définitivement humilié, je suis donc resté à Paris. Alors que tout le monde me croit disparu en Chine, je vis depuis six mois dans un petit meublé. Je travaille comme plongeur dans un resto chinois, et la nuit… j'écris. C'est le docteur Grounovski qui m'avait soufflé l'idée.

J'ai entrepris de raconter ce qui *aurait pu* m'arriver en Chine. J'ai déversé tous mes fantasmes, je me suis mis en scène dans les pires situations, je me suis torturé avec un beau masochisme ; et ça m'a fait beaucoup de bien… Je me suis construit mon roman familial en imaginant que Mado et Jean-Marius étaient mes parents biologiques, et Victor mon frère caché et vengeur… Tout ça pour aller au bout de ma paranoïa et assumer une bonne fois pour toutes l'unique vérité : je ne saurai jamais rien sur mes parents biologiques. Jamais.

Mon histoire est terminée. En me relisant, je ne me suis pas reconnu. Ou pour dire les choses autrement, je me suis découvert. Aujourd'hui, je crois pouvoir dire enfin : « Je sais qui je suis ».

Je m'appelle Toussaint Legoupil.
Et je suis écrivain.

Les Bonus du roman

I. Que sont-ils devenus ?

Mon père termine actuellement son sixième mandat à la tête de Croquefigue. Il brigue la présidence de région, mais son rêve est de se présenter à la présidentielle, pour appliquer au pays l'audacieux concept qui a fait le succès de son village. Son slogan : « le Grand Renversement pour la France ! »

À l'aube de la cinquantaine, ma mère a compris que l'origine de ses maux était un désir de maternité contrarié. Elle se renseigne en ce moment sur les mères porteuses aux États-Unis, la fécondation *in vitro* en Italie et les démarches pour une seconde adoption en Chine. Des mauvaises langues au village disent qu'elle cherche une nouvelle victime…

Mimi Labrousse a entamé une psychothérapie qui lui a permis de comprendre qu'elle faisait fausse route dans la secte de Jean-Marius. Aujourd'hui, elle prépare le concours de la Star Academy en bossant le répertoire de Claude François. Quelle meilleure preuve de sa guérison ?

Gaston Xiaoping n'a plus donné de signes tangibles de vie depuis mon départ. Tous les jours, à midi précis, il crie « C'est booon les gauuufres ! » sans bouger les lèvres. Le CNRS vient de dépêcher une équipe.

Jean-Marius Djemba, victime de fonctionnaires fiscaux paperassiers et tatillons, a dû délocaliser son entreprise spirituelle sur la Costa Brava. Encore un fleuron hexagonal découragé par la lourdeur bureaucratique française qui empêche les entrepreneurs de s'épanouir.

Victor Djemba vit en Chine. Très investi dans le domaine associatif, il milite au sein de Greenpeace, d'Amnesty International et vient d'être nommé représentant de la Ligue des droits de l'homme à Pékin. La vision que j'ai donnée de lui dans mon roman l'a beaucoup amusé…

Quant au docteur Grounovski, il voit mes parents deux fois par semaine. Je lui souhaite beaucoup de courage.

II. Le résumé du roman

Toussaint Legoupil vivote dans un petit village provençal répondant au joli nom de Croquefigue-en-Provence. Élevé par ses parents adoptifs Léon et Mado, il se pose des questions sur ses origines. En effet, un mystère entoure sa naissance : il est né en Chine mais il est noir, et nul ne sait pourquoi. Alors Toussaint décide de partir à la découverte de son passé.

À son arrivée à Chengdu, la capitale du Sichuan, Toussaint se rend à l'asile Sainte-Thérèse-des-Bienheureux où il a été adopté. Là, il découvre une scène d'horreur. Toutes les sœurs ont été massacrées à la machette. Le sang est encore frais, ça dégouline partout, c'est dégoûtant. Toussaint est contrarié car il n'a pas d'autres pistes pour connaître son identité. Mais, au moment de quitter les lieux, il remarque une inscription en lettres de sang sur un mur. Une sœur a laissé un message avant de mourir : « Pink Pussycat ».

Renseignements pris, il s'agit du nom d'un prestigieux cabaret où Toussaint se rend pour assister à un spectacle artistique de grande qualité qui le laisse pantois. À la fin de la représentation, une magnifique créature l'aborde et l'entraîne jusqu'à sa chambre pour une nuit d'amour effrénée. Mais au petit matin, quand Toussaint ouvre les yeux, il découvre une scène d'horreur. Baby Sugar a été massacrée à la machette. Le sang est encore frais, ça dégouline partout, c'est dégoûtant. Toussaint est contrarié car il n'a pas d'autres pistes pour connaître son identité. À ce moment-là, on frappe à la porte. Toussaint panique, il s'habille, ouvre une fenêtre, saute dans la rue et s'engouffre dans une 2 CV. Le chauffeur est un étudiant en psycho qui lui annonce qu'il va le conduire jusqu'à sa mère. Le mystère s'épaissit alors pour le plus grand plaisir du lecteur. Sur la route, les embûches se multiplient et le roman devient trépidant, notamment lorsque Toussaint libère le Tibet du joug communiste, ou encore quand il se fait violer par une femelle panda nommée Sue Ellen. Un peu plus tard, notre héros tombe aux mains d'une triade chinoise qui le torture avec une cruauté sans nom en l'obligeant à écouter l'intégrale des chansons de Mimi Labrousse, jeune espoir de la scène gothique française.

Par la suite, il se passe encore plein de choses mais c'est tellement compliqué que même l'auteur n'arrive pas à résumer. En même temps, ce n'est pas grave puisque l'important c'est de connaître la solution de l'énigme que voilà : Toussaint est le fils caché de l'empereur centrafricain Jean Bédel Bokassa, conçu *in vitro* par un savant fou avec du sperme volé par une courtisane en vue d'engrosser la dernière descendante de l'empereur chinois Ming et de créer une nouvelle race destinée à dominer le monde.

Enfin bref, c'est vraiment n'importe quoi, et on arrive épuisé à la dernière page. Comme quoi, cher lecteur pressé qui n'avez lu que le résumé, vous avez vraiment bien fait.

III. La scène coupée

Journal de Toussaint Legoupil

Je me suis toujours cherché… À quatorze ans, j'ai cru m'épanouir en bon chrétien chez les Scouts de France sous le nom de « Koala joyeux ». Rénover la salle à manger du curé, biner le potager de la sœur du curé, peindre la maison du cousin du curé : ces actions humanitaires m'ont fait ressentir au plus profond de mon être la mission civilisatrice du Vieux Continent. Malheureusement, mon ardeur fut contrariée à l'occasion du spectacle de fin d'année par le refus de l'abbé Saint-Freu de me laisser jouer Jésus, alors que je m'étais entraîné pendant des heures à me suspendre à une croix et que j'avais prévu un super-pagne sanguinolent comme costume. « Tu n'as pas le look, m'a-t-il assené. À la place, que dirais-tu de jouer Judas ? »

J'ai laissé tomber l'Évangile et j'ai entrepris de m'africaniser. Un ami rasta, président fondateur de la *Dreadlocks Corporation*, dont il était à l'époque le seul membre, me conseilla d'écouter Bob Marley. Le chanteur jamaïcain est vite devenu mon modèle. J'ai découvert ses chansons, qui évoquaient si bien le paradis perdu, et son goût prononcé pour la fumette, qui permettait de le retrouver. Je me suis fait pousser des dreads, je me suis mis au jardinage et j'ai fondé un groupe de reggae nommé *Fais passer le chichon.* Notre premier concert à l'occasion de la fête du lycée nous valut un beau succès, mais notre prometteuse carrière s'arrêta là : notre proviseur avait peu apprécié de voir sa fille vomir son canna à trois heures du matin sur le paillasson familial en hurlant *I Shot the Sheriff !*

Ma mère me défendit en mettant en avant les difficultés des adolescents adoptés, mais mon père est du genre fâché avec la psychologie... Il me coupa les dreads, couvrit de désherbant mon jardin secret, et m'invita à me tourner vers des activités plus constructives. À savoir, des cours de kung-fu wushu, un art martial chinois qui devait me rapprocher de mes racines. Ce fut une étrange période pendant laquelle j'acquis une certaine forme de sérénité. Je m'en prenais plein la figure à cause d'une inaptitude aux arts martiaux rarement observée en trois millénaires d'histoire, mais les séances de méditation qui suivaient me faisaient beaucoup de bien. Il s'agissait de rester assis devant un mur pendant une heure et de vider son esprit par des exercices de respiration. C'était moins efficace qu'un petit joint, mais comme je m'endormais en général au bout de dix minutes, ça me reposait. Mes parents accompagnaient ce mouvement vers les origines en me servant du riz à tous les repas et en m'obligeant à regarder en boucle les films de Bruce Lee.

Heureusement que j'ai été adopté. Il y a des gènes dont on se passe...

IV. Le bêtisier

1. Voilà comment débutait ce roman à l'origine : *Longtemps, je me suis couché de bonne heure. Parfois, à peine ma bougie éteinte, mes yeux se fermaient si vite que je n'avais pas le temps de me dire : « Je m'endors. » Et, une demi-heure après, la pensée qu'il était temps de chercher le sommeil m'éveillait ; je voulais poser le volume que je croyais avoir encore dans les mains et souffler ma lumière ; je n'avais pas cessé en dormant de faire des réflexions sur ce que je venais de lire* [...]

On m'a fait remarquer que Marcel Proust avait écrit la même chose au début de *Du côté de chez Swann*. La coïncidence était incroyable. On s'est bien marré.

2. Voici un des passages les plus intenses de cette histoire :

J'ai couché avec ma mère. Comme mon copain Œdidfo aieyrdfjaphepqdhdfqsdkihfq^g^fg sdiofqsufdoa qdiofqusdo

Là c'est mon chat qui a marché sur le clavier de l'ordinateur. On s'est bien marré.

3. Le passage suivant n'était pas prévu :

Error 2 in 30. XerosproutWindowsScan into 10. item. dead –dead000

Par ce message, mon ordinateur a souhaité contribuer à mon roman.

En effaçant tout le reste.

Là, bizarrement, je ne me suis plus du tout marré.

V. La scène érotique

En raison du caractère insolite de la conformation pubienne de Baby Sugar (voir la page 113 pour les oublieux) et afin de préserver d'éventuels jeunes lecteurs, la scène érotique entre Baby Sugar et Toussaint – dans laquelle les deux amants dépassent les limites de la dépravation dans un hallucinant déchaînement bestial – n'est disponible que par correspondance. Elle sera envoyée à tout lecteur majeur qui en fera la demande à l'éditeur contre une enveloppe timbrée, un justificatif d'identité, une lettre de motivation et un certificat de bonne moralité signé par un représentant religieux.

En vous remerciant de votre compréhension.

VI. Le cocktail Litchi Kaput

(Idéal pour accompagner la lecture de ce roman)

Ingrédients :
Glace pilée
20 ml d'alcool de riz
20 ml de vodka
20 ml de liqueur de gingembre
1 cuillerée à café de curaçao
1 pincée de sel
1 pincée de poivre de Sichuan fraîchement moulu
1 zeste de citron vert
1 litchi

Recette :

Versez la glace pilée dans un shaker jusqu'à mi-hauteur. Ajoutez alcool de riz, vodka, gingembre, curaçao et citron. Secouez énergiquement. Filtrez dans un verre tulipe, saupoudrez sel et poivre et décorez avec un litchi. Puis flambez.

Posologie :

Pour les enterrements de vie de garçon et les bizutages, un demi-verre suffit. Pour les vengeances, on peut aller jusqu'à trois (au-delà, prévoir un alibi).

Contre-indications :

Ne doit pas être consommé par les personnes désirant rester saines d'esprit.

Effets indésirables :

Perturbation de l'haleine, coloration verdâtre de l'épiderme, fissuration de l'œsophage, gangrène cérébrospinale galopante, décès.

VII. La chanson bonus de Mimi

(À la demande générale)

Le Psychopathe à cravate
(Death metal à texte)

C'est au milieu des serpillières,
Que naquit, sous un jupon,
Entre les pattes de sa geôlière,
Frais démoulé d'sa bonbonnière…
Un tout petit poupon. *(Bis.)*

Sa mère faisait la vaisselle,
Grattait un plat de reblochon,
Elle vit qu'elle avait fait sous elle,
Pondu un drôle de vermicelle…
Avant le dernier coup d'torchon. *(Bis.)*

C'est un psychopathe à cravate
Un tacticien de la démence
Il recherche des candidates
Pour faire don de sa semence.

Son enfance fut pathétique
Car lorsque l'on est édenté,
Les biberons aux narcotiques,
Même à dose homéopathique…
Ça n'est pas bon pour la santé. *(Bis.)*

Il grandit en rachitique
Et à trop téter la chopine
Attrapa toute une série d'tics,
Com' de mâchonner du mastic…
Com' d'éventrer ses p'tites copines. *(Bis.)*

C'est un psychopathe à cravate
Un tacticien de la démence
Il recherche des candidates
Pour faire don de sa semence.

Il rôde autour des librairies,
Son projet est humanitaire,
Il veut sauver de l'hystérie,
Les littéraires walkyries…
Bloquées au stade pubertaire. *(Bis.)*

Pour les sauver de leur destin
De naufragées d'la poésie,
Il leur propose, ce plaisantin,
Une partie d'amour latin…
Plus une précoce euthanasie. *(Bis.)*

C'est un psychopathe à cravate
Un tacticien de la démence

Il recherche des candidates
Pour faire don de sa semence.

Longtemps il fut insaisissable,
Émoustillant tous les amphis,
Les Lettres étaient intarissables
Sur ce romantique inlassable…
Et sa cruelle philosophie. *(Bis.)*

Mais un matin, dans l'aube claire,
Au coin d'un bois, sans coup férir,
Il tomba sur une commère
Gracieuse comme un bulldozer…
Qui l'égorgea dans un sourire. *(Bis.)*

Pas de morale à cette histoire,
Pas de fin à cette chanson,
Depuis la mort du fripouillard
On guette la nouvelle Gloire,
Et on entonne à l'unisson :

C'est une psychopathe à cravache
Une détraquée du sentiment
Elle vous calme à coups de hache
Elle vous étripe poliment. (Bis.)

Mille mercis à Talie,
sans qui n'existeraient ni le Chien, ni la Chine...

RÉALISATION : IGS-CHARENTE-PHOTOGRAVURE À L'ISLE-D'ESPAGNAC

CPI BUSSIÈRE

Cet ouvrage a été imprimé en France par
CPI Bussière
à Saint-Amand-Montrond (Cher)
en mars 2010.
N° d'édition : 99009. - N° d'impression : 100329.
Dépôt légal : avril 2010.